# 讀後

王厚森「論詩詩」集

【總序】

# 台灣詩學吹鼓吹詩人叢書出版緣起

蘇紹連

　　「台灣詩學季刊雜誌社」創辦於一九九二年十二月六日，這是台灣詩壇上一個歷史性的日子，這個日子開啟了台灣詩學時代的來臨。《台灣詩學季刊》在前後任社長向明和李瑞騰的帶領下，經歷了兩位主編白靈、蕭蕭，至二〇〇二年改版為《台灣詩學學刊》，由鄭慧如主編，以學術論文為主，附刊詩作。二〇〇三年六月十一日設立「吹鼓吹詩論壇」網站，從此，一個大型的詩論壇終於在台灣誕生了。二〇〇五年九月增加《台灣詩學・吹鼓吹詩論壇》刊物，由蘇紹連主編。《台灣詩學》以雙刊物形態創詩壇之舉，同時出版學術面的評論詩學，及以詩創作為主的刊物。

　　「吹鼓吹詩論壇」網站定位為新世代新勢力的網路詩社群，並以「詩腸鼓吹，吹響詩號，鼓動詩潮」十二字為論壇主旨，典出自於唐朝・馮贄《雲仙雜記・二、俗耳針砭，詩腸鼓吹》：「戴顒春日攜雙柑斗酒，人問何之，曰：『往聽黃鸝聲，此俗耳針砭，詩腸鼓吹，汝知之乎？』」因黃鸝之聲悅耳動聽，可以發人清思，激發詩興，詩興的激發必須砭去俗思，代以雅興。論壇的名稱「吹鼓吹」三字響亮，而且論壇主旨旗幟鮮明，立即驚動了網路詩界。

　　「吹鼓吹詩論壇」網站在台灣網路執詩界牛耳是不爭的事實，詩的創作者或讀者們競相加入論壇為會員，除於論壇發表詩作、賞評回覆外，更有擔任版主者參與論壇版務的工作，一起推動論壇的輪子，繼續邁向更為寬廣的網路詩創作及交流場域。在這之中，有許多潛質優異的詩人逐漸浮現出來，他們的詩作散發耀眼的光芒，深受詩壇前輩們的矚目，諸如鯨向海、楊佳嫻、林德俊、陳思嫻、李長青、羅浩原、然靈、阿米、陳牧宏、羅毓嘉、林禹瑄……等人，都曾是「吹鼓吹詩論壇」的版主，他們現今已是能獨當一面的新世代頂尖詩人。

　　「吹鼓吹詩論壇」網站除了提供像是詩壇的「星光大道」或「超級偶像」發表平台，讓許多新人展現詩藝外，還把優秀詩作集結為「年度論壇詩選」於平面媒體刊登，以此留下珍貴的網路詩歷史資料。二〇〇九年起，更進一步訂立「台灣詩學吹鼓吹詩人叢書」方案，鼓勵在「吹鼓吹詩論壇」創作優異的詩人，出版其個人詩集，期與「台灣詩學」的宗旨「挖深織廣，詩寫台灣經驗；剖情析采，論說現代詩學」站在同一高度，留下創作的成果。此一方案幸得「秀威資訊科技有限公司」應允，而得以實現。今後，「台灣詩學季刊雜誌社」將戮力於此項方案的進行，每半年甄選一至三位台灣最優秀的新世代詩人出版詩集，以細水長流的方式，三年、五年，甚至十年之後，這套「詩人叢書」累計無數本詩集，將是台灣詩壇在二十一世紀中一套堅強而整齊的詩人叢書，也將見證台灣詩史上這段期間新世代詩人的成長及詩風的建立。

　　若此，我們的詩壇必然能夠再創現代詩的盛唐時代！讓我們殷切期待吧。

二〇一四年一月修訂

【推薦序】
# 讀《讀後》之後

向陽

　　《讀後：王厚森「論詩詩」集》是一部很獨特的詩集。獨特之一，是這部詩集從頭到尾均以詩人詩集為書寫標的，是一部以詩論詩的詩集，開創了台灣新詩集出版的首例；獨特之二，是這部詩集以詩論詩的同時，也採用「後設」書寫技法，試圖與原始文本（詩人詩集）進行對話、辯詰，翻陳、出新，呈現作者的詩想與美學。因此，這是一部兼具詩論詩、後設詩特色的詩集。

　　作為王厚森的第三部詩集，《讀後》基本上延續了第一本詩集《搭訕主義》和第二本詩集《隔夜有雨》的抒情基調，部分詩作也由前兩本詩集中抽出，收於「卷五　已讀」計13首。這顯現了王厚森的創作習癖（Habitus）和筆跡（handwriting），一如布爾迪厄（Bourdieu）所稱，可被追蹤，也可供辨識，因此儘管以詩論詩、以後設書寫，仍然鮮明地呈現了王厚森在抒情傳統與場域中不變的基調。以詩集分卷命名來看，從「青春詩人夢」、「島的日常與非常」、「獨立時光年代記」、「岸與案」到「已讀」，儼然已經透露王厚森從抒情出發，對於詩作為美學的關注與聚焦所在。

　　《讀後》總共收入67首詩作，除了〈抒情的現實與傳統

——2010年太平洋詩歌節聽須文蔚教授談詩有感〉非關詩集之外，以詩集為對象寫出的共66本詩集，根據分卷，大約以同儕、前輩、後進詩人詩集為主，有2本是譯詩或詩文集（韓波、紀伯侖）。算下來，王厚森在本詩集中以詩論之的當代台灣詩集就有64部之多，這一方面可以看出王厚森愛詩之痴，對詩人、詩集和詩事一往情深，一如他在本書自序〈詩人與他們的夢〉所說：

> 所寫的這些詩人與詩集，顯現的也是我這幾年閱讀興趣與經驗。想要說的，大概就是每個詩人都有屬於自己的詩人夢，能夠與眾多築夢者一起同行實在是件幸福不過的事。

從另一方面來看，《讀後》既是與當代詩人的後設對話，在64部詩集（包括王厚森自著2部）之間，王厚森也試圖展現他的詩論。所謂「以詩論詩」，基本上是透過贊同、質疑、接受與否定的過程，透過與對象（詩人、詩集、詩事）的迴環交涉，逐一印證、修正或釐清論者的論點。這本詩集所「論」之詩集多矣，無法逐一細說，有興趣的朋友或可找出所論詩集加以參照，飛鴻印雪，爪趾猶在，循跡探源，應足以一窺王厚森以抒情為基調的後設美學。

王厚森是詩的追求者、信仰者，《讀後》這本詩集讓我們看到他對詩的厚愛與深情。

【推薦序】

# 讀後Ｘ獨厚
## ──王厚森及其「論詩詩」

李桂媚

　　從第一本詩集《搭訕主義》開始，王厚森就展現了「詩寫閱讀」的創作特色，展讀詩集、小說或電影，詩人不只是一名觀看者，更是一位觀察家，因此，他在閱讀之後寫下詩作，以詩向世界發聲。第二本詩集《隔夜有雨》延續著這樣的特色，大量收錄讀詩系列詩作，到了第三部詩集，更是直接以《讀後：王厚森「論詩詩」集》為書名，整本集子都是「論詩詩」，顯見詩人「以詩論詩」的企圖。

　　詩集取名為「讀後」，一方面意味著詩人讀詩之後的心得及筆記，另一方面，「讀後」與「獨厚」的讀音相同，其所書寫的詩集，也代表著王厚森對詩人的偏愛。如果說卷一「青春詩人夢」是他對年輕詩人及同齡作者的關注，那麼，卷二「島的日常與非常」，就是他向詩壇前行者致敬之作；卷三「獨立時光年代記」與卷四「岸與案」都採主題取向，前者從時間、空間的思維切入，思辨人文與地景的相互關係，後者書寫對象涵括海外作家與王厚森本人，既與外界對話，亦向內反思；卷五「已讀」則是先前《隔夜有雨》曾收錄的作品，能夠再次被新出版的詩集選錄，正是因為詩人對其「獨厚」。

　　在《讀後：王厚森「論詩詩」集》裡，詩作內文總計使用了80次「詩」字，如果加上詩題與副標題，「詩」字出現頻率更是高達160次，在詩人筆下，「詩，是唯一的復活術」，每一個片刻、每一個人事物都能「舍利　成一首詩」，「行過繁華與鄉野／我們悉心以詩撫觸／在堅實土地上探問」，縱使「隔夜有雨／但今夜我們仍需寫詩」，因為不論歡喜哀愁，我們都能「用一首詩的完整／容下所有悲喜」，「讓思與詩／一一串連成飛翔的存在」。

　　詩人在論詩的同時，其實也在闡明自己的信念，王厚森在詩作〈之後〉寫道：「不須言語／靜靜等待／花從胸口開出的那一刻／讓摩挲的吉光片羽／都是／最後詩的誕生」，〈某一瞬間的故事〉也說：「而你始終定坐桌前／堅持讓詩／成為／某一瞬間的故事」，字裡行間透露著，詩，就是詩人唯一且堅定的信仰。〈詩的鍊金術〉一詩最末有這麼一段話：「在黎明到來以前／每一首詩／都害怕黑」，或許可視為詩人的詩觀，黎明象徵著希望，黑則是絕望與失落，正因為害怕失去希望，詩才要奮不顧身為大家點燃希望的火種，在黑暗之中，詩就是帶領我們看見希望的微光。

【推薦序】
# 意象的重塑與創造

陳謙

　　《讀後：王厚森「論詩詩」集》是本名王文仁的第三部詩集，作品以「論詩詩」為基礎寫就。比起杜國清曾以詩論、詩評、詩論詩三個部分合輯出版的《詩論・詩評・詩論詩》（2010）更具挑戰且篇幅完整。《台灣詩學季刊》三十五期曾由李瑞騰老師策劃了「以詩論詩」專輯（2001.06），觀其內容最多有人寫到陳黎的單篇作品〈戰爭交響曲〉外，其他皆是詩人對一己詩作詩觀的感懷或功能主題等展開，而王厚森的企圖，以一首詩談論一部詩集，更是創造了一款新穎的創作型態，其以一部詩集的方式來隆重呈現，更見其對詩藝的追求與恆心。

　　時序進入二十一世紀以來，後解嚴時期的現代詩多數已消彌了意識形態的對峙，尤其是過去大中國的詩人也跟著本土化，從民國詩選悄悄改為西元紀年持續話語權的爭奪可見一斑。詩人大半轉向現實生活與向內心關照的兩種文學道路，在詩文學活動推行上，詩人接連退出副刊主編職務，現時多由同仁詩刊來帶領活動引導風潮，於是注重形式冶煉的風尚成形，如截句、五行或六、七、八行詩，亦或是散文詩的專輯發表或叢書出版漸成趨勢與走向。

　　在這陣流行當中，王厚森只是小試身手，偶一試寫六行小詩發表，他專注的是有計劃的跟隨自己內心的聲音，從事吃力且不討好的藝術工程。「論詩詩」就是一項寂寞的工事，也是詩人王厚森的願想，歷時多年後才完成這本大作，以寫作對象的文本來看，時間跨度橫亙二個世紀。

　　雖說為論詩詩，但王厚森其詩作大致還涉及詩人背景，詩人詩集創作主體以及詩人歷程的詮釋，寫來難度極高。如寫前輩作家吳晟〈土地詩人與島嶼之愛──讀《吳晟詩選1963-1999》有感〉：

> 我仍在某些午後撞見
> 童年屋後
> 那一片連綿的甘蔗
> 與低伏的蕃薯田
> 錯亂堆疊且被烤焦的土塊
> 總在沒來由的豪雨過後
> 有土虱乘浪前來造訪
> 幾次深夜
> 鄰家門口觀看
> 黑白電視閃爍的世紀棒球賽
> 註解著那些年
> 店仔頭仍　是我們
> 共同且熟悉的語言

　　詩人「讀後」詩作的書寫，若干情節重現吳晟原作的情境，但更重要的是王厚森針對情境的煉選，如棒球曾經是台灣政治上失落年代人民陷落心情最佳的補償。人們農忙後齊聚話

家常的店仔頭，都是一段段生活彌足珍貴的紀錄。詩人將吳晟詩集消化後再創作，不拘泥於他人文本文字的使用，而是吐納過後給出新感受，給予閱聽人全新的感動與創意。詩人細讀吳晟文本後的重新詮釋，除了不失原著涵意，還不忘推陳出新，給出新意，令讀者拍案擊節，誠屬不易。

在〈絕非那摩娑著火花的沉默──讀《我願是妳的風景：羅葉詩選》有感〉作品當中，他寫出：

> 可以這樣簡單的迴身
> 走入黎明微醺的步伐
> 微風對花低語
> 雨滴敲響塵灰窗格
> 海浪總輕撫遠處
> 初春山裡飄來的
> 自然之歌
> 病痛中寧靜不忘傾訴
> 那摩娑著火花的　沉默

詩人情深，但可以意深言淺的說明羅葉離去時的瀟灑，一個「簡單的迴身／走入黎明微醺的步伐」以及側寫羅葉對雨滴、海浪以及土地以些微火花的詩歌來進行對抗，對抗時間裡漸趨轉烈的病痛，讀來令人不忍。

近日協助勘校《1970世代詩人詩選集》，發現王厚森亦自選了〈隔夜有雨〉一詩，我曾在〈記憶、想像與現實：王厚森詩集《隔夜有雨》評介〉一文指出：

> 王厚森的同名主題詩雖在副標註明是對向陽詩選的讀後詮

釋，言語中卻是意象的重塑與再創造。令讀者一新耳目，閱聽人其實可蓋去副標題將詩當成完整的主體欣賞，亦可藉由其閱讀路徑的線索進行文本之互涉。

當初以為是詩人創作上一時的即興，沒想到經過許久的堅持，如今蔚然成林。令人佩服詩人在授課與繁雜世俗雜務之餘，還能給詩壇一記亮眼的驚喜。在一九七〇世代的詩人隊伍當中，本名王文仁的王厚森，從不將文學理論張牙舞爪生硬的套用於詩作，更不追趕流行成為潮流的一份子，一如其自我惕勵的筆名般，「厚森」像一棵棵大樹般深紮根柢，厚實且枝葉繁茂地向四方開展，見樹見林之後，更可見到森然的意象的國度。

2018年，寒露，寫於國北教大文薈樓105室

【推薦序】

# 如果在冬夜，一個詩人：
## 已讀《讀後：王厚森「論詩詩」集》

姚時晴

　　2014年，我在王厚森的第二本詩集《隔夜有雨》的推薦文中寫道：《隔夜有雨》中的輯二「見與不見」泰半是詩人的讀詩／書筆記。此輯總共匯集了十八本詩人閱讀過的書籍和詩集，用「以詩論詩」的方式對這些閱讀過的文字進行再創作的可能性。文學史裡向來有「以詩論詩」、「以詩答詩」的古例，現代詩中也不乏「以詩涉詩」、「以詩誌詩」的詩作。但是像這樣集中火力，將十八本書籍的閱讀發想統合在一個章輯中卻是少見。王厚森試圖以自己的語言擷取閱讀過程的所有靈光乍現，重新創造出屬於個人文字的獨特視界。這些再創作後的詩文，一方面是詩人（讀者）與原作者間靈思接合或意識扞格的奇異甬道；另方面，也是詩人再創作後新開闢的獨立幽曲蹊徑。

　　其實王厚森早在第一本詩集《搭訕主義》就開始投入「論詩詩」的創作，以「詩」闡述詩的創作歷程與詩意本質。到了第二本詩集《隔夜有雨》，則統合十八本書籍與詩集的讀後感懷創作了另一批精緻的詩作。今年他終於交出這本完全以「論詩詩」為書寫主題的精彩力作──《讀後：王厚森「論詩詩」集》。《讀後：王厚森「論詩詩」集》一書涵蓋六十七首「論

詩詩」，包含六十六本詩集詩刊的閱讀書單，共書寫六十三位
詩人，鎖定單一創作主題，書寫間距歷時十餘年，這樣的書寫
策略和書寫質地堪稱獨一無二。

　　王厚森在自序中提及：所謂「論詩詩」，根據嚴忠政在
《臺灣當代「論詩詩」的後設書寫》中的說法，指的「是一種
以詩歌本身為陳述對象，透過詩人現身說法，指陳其詩、其
人、其事，表現為一種『以詩歌來指涉詩歌』的書寫形態，因
此它的出現特別具有語言的『後設』功能，同時也在後設的層
面上，有更多的自我意識。」「後設」（meta）的概念，點出
了這種書寫型態自我指涉的特性；而所謂的「以詩歌來指涉詩
歌」，不僅限於「以詩論詩」的「論詩」之作，凡是「詩寫詩
人」，或在內涵上有關詩人的（自我）再現、評述他人、追悼
已故詩人、感懷詩人等作品，都在其範圍與界定中。

　　依照上述這段文字，我們不難理解，王厚森筆下「論詩
詩」的範圍，不僅僅是「以詩論詩」的詩作，還包含詩人自我
的再創作再發現或對閱讀對象的評述，以及與其他詩人／詩作
的對話。如果從閱讀者的角度來看，這本詩集中的每首詩題或
許便可視為是王厚森對每一本閱讀過後的詩集所下的批注，只
是這樣的短評是如此詩意而美麗。例如：「為雪，我們卸下潮
溼的冬衣」，這是讀楊佳嫻的《金烏》。又如，「時間讓詩成
為鱗片」，這是王厚森對蘇紹連詩集《時間的影像》的印象。
再則，「海是流浪個幾天再回來」，這是王厚森對嚴忠政詩集
《失敗者也愛－The Sea》的註解。

　　若就詩作內容而言，每首詩的內容有時可當作是王厚森對
閱讀對象的客觀評述和感悟，有時也可能是王厚森在閱讀過程
的字裡行間，發現文字行距外的自我逃逸四度空間。這些詩句
既是讀者（王厚森）與原創作者之間彼此靈魂激盪所產生的相

似體感溫度，也是讀者（王厚森）自行分娩的獨立書寫體質。
我個人很喜歡這些逃逸路線外隱匿空間所產生的微妙語言幻聽
或幻覺，而這絕對是王厚森自行再創造的另一個文字場域：

　　一截枯木
　　從意識的上游漂下
　　溫度是火
　　點燃暗夜星子如荼
　　雷聲瘖啞裡
　　紫羅蘭真誠袒露
　　執念之河悄悄抽長成為布景
　　吞吐間琉璃無常
　　我是眾生而眾生見我
　　〈自在不在，相亦無相——崎雲詩集《無相》讀後〉

　　那個夏天
　　神與戀人一同告別
　　久坐的桌案
　　與堅定站崗的中外野
　　你說那是三振
　　但　尚未出局
　　〈英雄與龍，以及那些幹話太多的夜晚——謝予騰詩集
　　《浪跡》讀後〉

　　把心
　　印出許多影子
　　在上夜忘記帶走的琴盒裡收藏

夢的幾種
篆刻法
〈青春，詩人夢──李桂媚詩集《自然有詩》讀後〉

飛翔是屬於白色的
而耽溺
是調到最大的
音響與貓哭泣
〈飛翔是屬於白色的──木焱詩集《毛毛之書》讀後〉

在島嶼邊緣
我們曾是複數
亦是一個難解的
單數
默想的藤椅和風，在色彩與氣味中學習
旋轉木馬是時鐘，貓從音符裡熟練躍出
突擊隊在太陽沉匈匈時紛紛走避
那些年，遺失鑰匙而打不開的抽屜
〈關於啟航以及一千次的歸來──《陳黎跨世紀詩選
1974-2014》讀後〉

　　假使這些詩句不以所謂「論詩詩」的形態來解讀，事實
上，他們每一首詩原本就可視為是一座座自行運轉的奇奧小宇
宙，每首詩都是書寫者自行再創作的美好詩篇。當然這些詩作中
亦不乏書寫者與閱讀對象的對話或贈答，而這些對話與贈答則飽
含詩人與詩人，詩與詩，文字與文字間的深刻友誼或逆襲：

多年之後
你依舊用足跡
在島嶼上寫詩
用不乾涸的汗水
在被欺凌許久的土地上
插秧　種樹
多少風雨
摧殘與破敗打不倒堅定信仰
那始終堅持
有用的人
在故鄉星子的眨眼微笑中
讓生活的平淡找回
最美好的詩藝
〈土地詩人與島嶼之愛——讀《吳晟詩選1963-1999》有感〉

千階之後
古老的軼事早蒙上
一層厚厚的灰
小徑上幾片褐葉隨意飄落
十月寒雨
竹林靜如
唯誦讀之音
仍在耳邊迴盪
燈火在群山之外
詩心頓悟成白
〈詩心頓悟成白——《辛牧詩選》讀後〉

　　從《隔夜有雨》那個耳聽古典樂曲卻手持iPhone打怪的青年詩人，到《搭訕主義》兼具視野理知與抒情浪漫的學者詩人，我們在《讀後：王厚森「論詩詩」集》又見識到王厚森對詩終極熱情的另一層面，他在這本詩集中展現的，不僅是個人對詩的熱切投注，還有他對詩強烈的企圖心與自我要求。而這些努力，顯然，詩早已以最神美的音線回覆他的感讀。

【自序】

# 詩人與他們的詩人夢

　　《讀後：王厚森「論詩詩」集》是我的第三部詩集，也是一本暗自潛伏了十多年，才終於大功告成的勉力之作。所謂的「論詩詩」，根據嚴忠政兄在《臺灣當代「論詩詩」的後設書寫》中的說法，指的「是一種以詩歌本身為陳述對象，透過詩人現身說法，指陳其詩、其人、其事，表現為一種『以詩歌來指涉詩歌』的書寫形態，因此它的出現特別具有語言的『後設』功能，同時也在後設的層面上，有更多的自我意識。」「後設」（meta）的概念，點出了這種書寫型態自我指涉的特性；而所謂的「以詩歌來指涉詩歌」，不僅限於「以詩論詩」的「論詩」之作，凡是「詩寫詩人」，或在內涵上有關詩人的（自我）再現、評述他人、追悼已故詩人、感懷詩人等作品，都其範圍與界定中。

　　在我長年的觀察中，詩人們多半偏好書寫論詩之作。有時談的是詩創作的原理、原則，有的是描摹寫詩的過程與想法，有的則是借詩來談論自己欣賞、喜愛的詩人或詩作。至於我自己，從十多歲開始寫詩以來，就相當喜歡書寫這類的作品。記憶中最早寫下的一首「論詩詩」，應該是第一本詩集《搭訕主義》中所收錄的這首〈思索〉：

　　　　明明是，某些我敲打的文字
　　　　暗自構築了意義
　　　　意義卻是黑夜突來的
　　　　殺手

而我必然驚愕，舉劍
在針縫的思索空間裡
拙劣躲閃一再的凌厲攻勢
摩西般的設想出
神奇、靈巧、完美

然而，我亦是一切的母親
亦是每個午夜編織著
毛衣的那雙巧手
啊，在我殘忍的刺向
親愛的我的孩子
我便明瞭　所有的愛
所有的愛都是一種無藥可救的
耽溺

　　這首作品最早寫於剛開始琢磨詩藝的大學二年級，後經多次修訂而成稿，寫的是寫詩時的矛盾情緒，以及苦思不得最終卻柳暗花明的心情。在那之後，我又陸續寫下不少論詩詩，在出版於2011年的《搭訕主義》中，最起碼就有〈詩人〉、〈血的可能〉、〈太平洋詩歌節聽鯨向海談詩有感〉、〈我無以名狀的疼痛—記一首壞詩後的悲傷〉、〈冬午〉、〈。〉、〈《銀碗盛雪》讀罷〉、〈懷林燿德〉、〈《流浪玫瑰》讀後〉、〈讀詩記事〉、〈一尾超現實的魚——詩誌「風車詩社」楊熾昌〉等作是在論詩、論詩人與詩作。只是這個時期的這些作品，大多是興致來時偶一為之，並沒有創作上的自覺或企圖。
　　到了2014年《隔夜有雨》出版時，我已經開始有意且大

量的替自己閱讀過的詩作撰寫讀後詩。這部詩集的名稱，就來
自於集子的首作〈隔夜有雨──《向陽詩選》讀後〉；而裡頭
的82首詩作中，就有27首論詩之作，其數量不可謂之不多。其
中，六行詩〈詩的誕生〉，最能代表當時夜半寫詩的心情：

> 夜在窗口徹夜打呼
> 揚起海的輕浪
> 震碎一地
> 光的寂靜
>
> 你在夢裡走來
> 預言如詩

　　在《隔夜有雨》完成出版後，我開始有了創作一本「論詩
詩」集的想法。可惜的是，在學院裡諸事繁雜，能夠寫作的時
間被壓縮不少，加之以自己的疏懶，花了快五年的時間才陸續
完成集子裡的作品。這本詩集分為五卷，共收錄詩作67首，其
中「卷五　已讀」的13首是前兩部詩集中的舊作，另外的54首
是這幾年所寫且一再修訂的新作。

　　這詩集中五卷的命名，代表的是我這幾年一直關注在心的
一些關鍵詞，諸如「青春」、「詩人夢」、「島嶼」、「時
光」、「年代」等等。所寫的這些詩人與詩集，顯現的也是
我這幾年的閱讀興趣與經驗。想要說的，大概就是每個詩人
都有屬於自己的詩人夢，能夠與眾多築夢者一起同行，實在
是一件幸福不過的事。按照慣例，這本詩集要獻給最親愛
的，以及還不親愛卻也可愛的朋友們，願詩都是我們生命中
最美好的存在。

# 目　次

## 總序

3　台灣詩學吹鼓吹詩人叢書出版緣起／蘇紹連

## 推薦序

5　讀《讀後》之後／向陽

7　讀後 X 獨厚
　　　　——王厚森及其「論詩詩」／李桂媚

9　意象的重塑與創造／陳謙

13　如果在冬夜，一個詩人：
　　　　已讀《讀後：王厚森「論詩詩」集》／姚時晴

## 自序

19　詩人與他們的詩人夢

## 卷一　青春詩人夢

33　青春，詩人夢
　　　　——李桂媚詩集《自然有詩》讀後

36　為雪，我們卸下潮溼的冬衣
　　　　——再讀楊佳嫻詩集《金烏》

39　穿越再無宇宙的嗚咽
　　　　——夜讀鯨向海詩集《大雄》

42　懂的告白體
　　　　——讀姚里行詩集《複寫城牆》

44　飛翔是屬於白色的
　　　　——木焱詩集《毛毛之書》讀後

46　自在不在，相亦無相
　　　　——崎雲詩集《無相》讀後

49　英雄與龍，以及那些幹話太多的夜晚
　　　　——謝予騰詩集《浪跡》讀後

52　週末，不曾被遺忘的慢拍曲
　　　　——葉語婷詩集《一隻麋鹿在薄荷色的睡眠裏》讀後

55　如果，世界末日
　　　　——讀葉雨南詩集《我沒有名字只有末日》有感

56　等妳，在夜裡
　　　　——讀楊采菲詩集《月夕花朝》有感

58　我雜耍著我自己的那座島
　　　　——讀甘子建詩集《有座島》

60　解離與不相遇的象和像
　　　　——王宗仁詩集《象與像的臨界》讀後

63　記得把燈關掉
　　　　——楊寒詩集《宇宙邊緣，躲避愛》讀後

## 卷二　島的日常與非常

67　土地詩人與島嶼之愛
　　　　——讀《吳晟詩選1963—1999》有感

70　詩・禪・意
　　　　——讀《蕭蕭世紀詩選》有感

73　花、夢、痕
　　　　——讀古月詩集《巡花築夢》有感

76　詩心頓悟成白
　　　　——《辛牧詩選》讀後

79　流動觀看與抒情祕密
　　　　——須文蔚詩集《魔術方塊》讀後

82　一枚松果在墜落中看見詩
　　　　——讀羅任玲詩集《初生的白》有感

85 愛的流星雨及其速度
　　　　——王添源詩集《如果愛情像口香糖》讀後

87 關於啟航以及一千次的歸來
　　　　——《陳黎跨世紀詩選1974—2014》讀後

91 詩是一冊隨風翻動的寶藍色筆記本
　　　　——《從詩題開始：孟樊小詩集》讀後

93 夢就要從太平洋起身
　　　　——許悔之詩集《當一隻鯨魚渴望海洋》讀後

95 某一瞬間的故事
　　　　——簡政珍詩集《季節過後》讀後

96 島的日常與非常
　　　　——張信吉詩集《家的鑲嵌畫》讀後

99 之後
　　　　——讀曾美玲詩集《相對論一百》有感

100 舞台劇
　　　　——讀商禽〈溫暖的黑暗〉有感

101 島嶼詩想起
　　　　——陳胤詩集《島嶼凝視》讀後

104 詩的鍊金術
　　　　——讀紀小樣詩集《啟詩錄》有感

# 卷三　獨立時光年代記

109　時間讓詩成為鱗片
　　　　——蘇紹連詩集《時間的影像》讀後

112　而我仍是秋日，那唯一聆聽之人
　　　　——林文義詩集《旅人與戀人》讀後

113　我的憂愁我的愛
　　　　——讀顏艾琳詩集《骨皮肉》有感

115　與時間躲貓貓
　　　　——《貓貓雨：劉正偉詩選》讀後

118　群山有霧降臨的彼刻
　　　　——《空間筆記：陳皓詩集1½》讀後

121　詩與它們過動症的日子
　　　　——唐捐詩集《網友唐損印象記：臺客情調詩》讀後

124　膜拜與這世界的真實及虛構
　　　　——張至廷詩集《西藏的女兒》讀後

128　放開
　　　　——讀丁威仁詩集《流光季節》有感

130　飛舞的樣子像風鈴
　　　　——李進文詩集《一枚西班牙錢幣的自助旅行》讀後

132　海是流浪個幾天再回來
　　　　——嚴忠政詩集《失敗者也愛——The Sea》讀後

135 星空、木馬與愛的蕩劍式
　　　——姚時晴詩集《我們》讀後

138 愛的發聲變奏曲
　　　——馮瑀珊詩集《茉莫結》讀後

139 詩與遙遠星球之記憶
　　　——讀陳少詩集《被黑洞吻過的殘骸》

142 抒情的現實與傳統
　　　——2010年太平洋詩歌節聽須文蔚教授談詩有感

144 那摩娑著火花的沉默絕非沉默
　　　——讀《我願是妳的風景：羅葉詩選》有感

## 卷四　岸與案

149 雨、午後及其可能
　　　——秋水詩集《有時只是瞬間》讀後

153 某些陽光，屬於你
　　　——陽光詩集《陽光禪意詩》讀後

155 從前的港灣不再停留
　　　——三米深詩集《天橋上的樂隊》讀後

157 愛與溫暖的困惑
　　　——何若漁詩集《八月》讀後

160 我是麥田裡一株等待露水的花

　　　──雨花詩集《追夢心情》讀後

162 如一只夜鶯，渴望著淡藍月光

　　　──年微漾詩集《一號樓》讀後

165 愛與被貶謫的天使

　　　──《韓波詩文集》讀後

173 如此，並非花的存在

　　　──高志豪先生譯紀伯侖《智慧的火花》讀後

175 愛情，並無二致

　　　──王厚森詩集《搭訕主義》讀後

176 NG的雜菜麵

　　　──王厚森詩集《隔夜有雨》讀後

## 卷五　已讀

179 隔夜有雨

　　　──《向陽詩選1974—1996》讀後

181 我將逃亡，用香檳色的淚

　　　──《商禽詩全集》讀畢

183 吊單槓的祕密

　　　──讀渡也詩集《太陽吊單槓》

184 時間及其未停止的憂傷
　　　　——林燿德詩集《銀碗盛雪》讀後

186 音樂，是屬於黑暗中的
　　　　——鴻鴻詩集《黑暗中的音樂》讀後

188 寶藍色鞦韆上，是誰的眼睛在歌唱？
　　　　——陳謙詩集《給台灣小孩》讀後

191 靜靜漂浮的傾斜
　　　　——顧蕙倩詩集《傾斜》讀後

193 豎耳是山，低吟是海
　　　　——夜半讀陳大為詩集《再鴻門》

196 木馬、翅膀與航行的況味
　　　　——再讀林婉瑜《可能的花蜜》

199 有人帶著百合花開的葉
　　　　——讀楊寒詩集《我的心事不容許你參與》

201 時代之歌
　　　　——讀李長青詩集《人生是電動玩具》有感

202 那些年，山和海的遠方
　　　　——林達陽詩集《誤點的紙飛機》讀後

204 抵達，為了愛
　　　　——讀凌性傑詩集《愛抵達》

卷一

# 青春詩人夢

# 青春，詩人夢

## ——李桂媚詩集《自然有詩》讀後

1.

把心
印出許多影子
在上夜忘記帶走的琴盒裡收藏
夢的幾種
篆刻法

2.

燈塔黎明之前
我們悉心前進
沿岸　或高或低的浪花
或許是一枚枚
被遺忘在記憶轉角
斑駁的票根

3.

憂傷漂流
誰把離別當成
滂沱大雨裡
一只只翅翼被澆灌的蝴蝶
靈魂漵濕
且等待天晴
等待窗格旁
籐蔓牽引著一道道向陽


4.

風景躍動
落葉在思念中轉身
月台笛聲未停
無數甬道穿越
有光的黑暗裡
那始終緊握的手
讓沉寂心底的音符
是刪節號
也是未完旅途的句號

5.

風是屬於白色的
海是屬於青色的
山是屬於紅色的
雨是屬於金色的

妳在文字的宇宙裡
熟練塗布星子色彩
且讓奔忙的四季
舍利　成一首詩

# 為雪，我們卸下潮溼的冬衣

## ──再讀楊佳嫻詩集《金烏》

1.

派悲傷前來送行

厚重圍巾下

一群古典的意象展翅

飛過，有雨徹夜傳誦的晦澀愛情

有船出航，隱約劃破寧靜的笛聲

穿過海角，惦記著港灣不忘互換美好名姓

你原是提琴聲中等待綻放的女子

如今卻是隨風揚帆

古老航線──歸位後

你熟習的把詩摺成胸前

聆聽心跳的金屬項鍊

靜靜讓游牧的星子穿越

有酒佇留的夜

2.

青春在綿長的高地上佔領
為雪，我們卸下潮溼的冬衣
世界已到了我們都不熟悉的位置
童年的馬戲團卻依然戍守
微塵滿布的小宇宙
被歲月收藏的信箋已老
古銅窗外的青色街燈
讓獨奏的音階拒絕成為高潮
腹語術嫻熟了香氣
老靈魂卻堅持斟酌著韻腳
像一部早已播畢
卻始終期待續集上映的電影

3.

那些年，你在文藝復興的書房裡
用文字，縫製屬於這世界的夜
青花瓷的靈感將唯物捻成微悟
雙子的畫布讓永恆子彈般年輕
一再翻讀、詮釋的悲壯神話中
一只、兩只、三只金烏被打下後
日漸獲得過多讚的奧都與楊晚輩
篡奪了句讀、校對和藏書印的美好
天使藏匿的書桌冷不防
打了一個嫉妒的噴嚏
振翅在微涼的歡愉中翱翔
因而摔落，粉碎的骸骨
詩，是唯一的復活術

# 穿越再無宇宙的嗚咽

## ——夜讀鯨向海詩集《大雄》

0.

溫柔我們胸前那些光
可感的星圖銀河於體內
匿藏歡笑的
無性生殖


1.

被淘汰的那種黃昏
肆意讓歌聲擊傷
射程內不敢開口的圓形嘲笑
我們惦記緊握的拳頭
不輕易施捨
勇氣所灌注
靜靜消失的廣場漩渦

2.

不想灰色調的衣服
沾濕夜裡旋轉而歪斜的木馬
堅持必須是這樣的淚
踩過的優雅步伐沒有任何聲響
如此二十年後
依然枯萎或者盛開的
那種親密關係


3.

遙控飛機不容觸碰
靈魂的犄角
炫耀大聲只為掩飾
曾經掉落的一張臉
如果鴿子可以
折返肌肉男的可疑
多完美的魔術將不會
傷感於一只不曾劃過的火柴

4.

躲貓貓的大聲
確實跟在
隨時可以拿出任何武器
不為人知宇宙的嗚咽
害羞片刻的銅鑼燒
不覺溫潤上一與下一個未知旅程


0.

反覆調整並不長大的鮮黃台階
企盼終究
轉身之後拉起
大夥生澀的小手呼喊
：「革命前夕總是
無害。」

# 懂的告白體
## ——讀姚里行詩集《複寫城牆》

墨跡築牆
言說孵化
這城市無力顫抖
古老肉體無性生殖

盜竊者以酒神為名
風行託永恆在醉裡偷渡
念咒以青春換夢云云風景
黑亮之眼植入文明虛腐鷹架

不斷分裂不斷
如嘴唇、手掌、胸部、背部
無常eroticism燃燒肢解熟習假面
靈魂顫動擂鼓召醒伊德
連環複寫悄然無聲遂行

遂行
去拆城牆如靈魂長腳野地奔跑
凝視
凝視我若愛情忠貞模糊身影內心獨白

# 飛翔是屬於白色的

## ──木焱詩集《毛毛之書》讀後

### 1.

不再執著於

迷航的波西米亞不南洋

不要微積分22

等不到深夜食堂

金屬打造的風很冷

帽子和童年一起躲迷藏

### 2.

飛翔是屬於白色的

而耽溺

是調到最大的

音響與貓哭泣

3.

佇足臺北街角鋼琴樂音小雨奏
人潮散去而毛毛的遺憾小宇宙


4.

生活擷取角色切換如歌
年輕星辰裡
意象的鯨豚總是意外擱淺又擱淺
只放任青春在原野
等待下一次浪的來臨


5.

等待了一夜一整夜
菸與酒
以及你習慣的
黃色黃色與黃色的遺忘
毛毛之後我們都得學習
對抗滾燙的現實如詩
如歌

# 自在不在，相亦無相
## ——崎雲詩集《無相》讀後

1.

一截枯木
從意識的上游漂下
溫度是火
點燃暗夜星子如菸
雷聲瘖啞裡
紫羅蘭真誠袒露
執念之河悄悄抽長成為布景
吞吐間琉璃無常
我是眾生而眾生見我

2.

時光漫移
雲以陰鬱拭去冬日筆跡
往事潮溼如煙
遺忘與被遺忘的冷鋒逐日
退去海岸線
大雨來襲時
誰將撿拾破碎之心
讓黑暗照亮未及寫就
旋即被灼傷的靈魂


3.

火與灰
酒和茶
言語織成沙灘和霧
遠方是不遠的遠方
名相是未知的名相
殘破的鞋久涉而過
語意漂浮的能指和所指
木身沉靜
只鵝卵石留下脈絡
而雨　就要落下

**4.**

遲遲的車行讓你
在下一個雨季重新相信
枯水期中那歷劫歸來的幸福
昨夜與今夜未完的夢中
你感到自己的大與孤獨
碎裂的真理在屋頂
在街口
在靈感的枝椏
困頓詩行在無不在的揭示
：「透明的人總擁有
不透明的人生。」
沒有註解
無須感傷

# 英雄與龍，以及那些幹話太多的夜晚
## ——謝予騰詩集《浪跡》讀後

1.

那個夏天
神與戀人一同告別
久坐的桌案
與堅定站崗的中外野
你說那是三振
但 尚未出局

2.

SAAB奔馳的國道裡
誰一再用浪跡鄙視
講幹話的那些
三加一寶與
他們蠻橫的姿態和信仰
夜無止盡
出發或抵達皆明示
這城市的上空不再輕易允許盤旋

3.

時間的潮間帶上停泊
一則不再被眾人相信的英雄傳說
浪花拍濕刀疤水手的影子
反覆叨絮那清楚
或已然模糊的
海上敘事

這島嶼屬土
夏日皆曝曬或者暴雨成災
啤酒黏貼不住傷口
錯過了年紀
就不再是愛與不愛
消失的暗房中我們相信
彼此都是一名
無關乎青銅、白銀或者黃金的聖戰士
只在意　早已遠離的凱旋和戰場

4.

南方四月
你終而斬下夢中的那只龍
海已退得太遠
那些乖張的意氣風發也成了刀劍鐵鏽
和微弱的火焰之歌

森林從來不在挪威
親愛的鹿也不曾記得
神話原型屬於古典
電腦方格躍動疲憊
迷濛中你瞥見
那是海
抑或者是銀河裡
一只閃亮的飛龍

5.

你堅持
任何一艘遠行的船
都該擁有屬於自己
落腳的行星

有龍徹夜看著你
而你始終沒有回頭

# 週末，不曾被遺忘的慢拍曲

## ——葉語婷詩集《一隻麋鹿在薄荷色的睡眠裏》讀後

1.

我總是等待雨停
但是彩虹
始終未曾到來


2.

穿過那只米黃
飄盪若鞦韆搖搖
上弦月的粉紅色掌心下
不願長大的聖誕樹們低頭
一只麋鹿在薄荷色的睡眠裏
無聲訴說
那些零碎以及
抹茶的憂傷

3.

霧色的風景邀約

張開手臂專注聆聽

一種細微、發芽的聲音

時間沒有說話

廣場裡人群沒有散去

不合時宜的冬日寧靜太多寧靜

苦楝色的黃昏裡

葉與葉摩擦碎裂

屬於過去

褪下孤獨後海岸邊的純粹

微調

一遍又一遍的

眼睛

4.

汽水瓶是裝飾
小貓負責熄燈
那樣日常灰色小馬露出
海藻般謎樣眼睛

宴會都已散去的午後
微小火光無懼陰影
穿著紅色溜冰鞋的麋鹿想念
總是週末的白色蓬蓬裙
慢半拍就想躺在
濕淋淋的舊日曆
暴雨過後的星星愈多星星

5.

如此熟練地穿透
咖啡波紋細微震動
短髮及腰髒布鞋
轉身闔上
小日子的春天
每一次地圖的崩解
就是重生

# 如果，世界末日

## ——讀葉雨南詩集《我沒有名字只有末日》有感

如果在世界末日
我們都等待一個吻
一如熟習咖啡裡
總有溫柔的奶泡
總是停靠的公車
震動著因為冰冷
而尋找口袋的手
有一棵樹在抬頭的高樓前
讓人忘卻飛翔的恐懼
而雨　總是無盡

如果在是芥末日
還好姿態與影子都在身邊
烏鴉忘記長夜的孤獨
呼吸裡不無摻雜著羅勒的香味
所有蛋糕都迫切著張開
被品嘗而無法遺忘的舞
我們都明白
所謂的世界末日
不過是另一個遊戲
或詩的起點

# 等妳，在夜裡

## ──讀楊采菲詩集《月夕花朝》有感

等妳，在夜裡
在風起時的夜裡

暮色沉落
月牙昇起
一缸的星子以法式隱喻
哭笑著緋紅色的愛
與呼吸

在燃燒的等待的深淵中知曉
風起的時刻妳來不來
是蹺蹺板與天河斜度的
辯證問題
黑
是空洞背景前
一抹獨自探詢春天消息的臉

在風
終而停止騷動的彼刻
我將以右臉承載歲月的風霜
以左臉
承載妳的愛

# 我雜耍著我自己的那座島

## ——讀甘子建詩集《有座島》

### 1.

我們都已甘願

成為夢的俘虜

他卻狡猾的逃脫

一只從來無須降落的島嶼

一整座海洋親暱的嘆息

### 2.

陽光和影子在這裡安心等待

一條小小的叉路

鹹鹹的呼吸被故事折疊

不能停下來偶爾

就是場寂寞的

暴風雨

3.

他堅持接力
星光下各式回憶
被拋擲的寶特瓶身世
是馬戲團裡熟悉被觀看
靦腆的遠方牛群

4.

模糊的臉上
誰來畫上眼睛
失而復得的嘴唇表演
玫瑰色喜劇
善良的魔法師他宣示
一艘艘孤單的小船都將
曖昧且熟悉
靈魂長腳的歌聲與鼻息
在夜裡

# 解離與不相遇的象和像

## ——王宗仁詩集《象與像的臨界》讀後

0.

撤走那些幕
劇落之後

1.

請勿撒嬌
讓天空遠離那些血色
宿命豢養的蛇未曾眷戀於
蕭瑟笛音的
虛張聲勢
翅膀總想像翅膀
能夠輕易的超越與翱翔
散落髮絲中的許多假設
總讓眼淚重生

2.

破繭後

粉紅舌頭貪婪地吻滿

滿地因愛而

微醺的落葉

曲折巷弄裡只剩汗水

雜亂髮絲佔據細微

吹噓是我們慣習

慾望的肉體


3.

夜色流動搜尋

最後的神祕果實裡

標本可能是一束飄然托起

無聲遠離的太陽

冬眠的姿態飄起雪

倒吊的蝙蝠老早

佔滿浪濤真正的棲息所

確實過短的短刀

蔓延著想像發亮的枝枒

4.

無條件捨去
夢裡過重的撲滿
扭捏褪下睡衣終究知曉
黑暗中始終
是真正光明的自己

# 記得把燈關掉

## ──楊寒詩集《宇宙邊緣，躲避愛》讀後

記得把燈關掉

領養那些

被風追趕且遙望於他方的風景

像孩子般棒棒糖於追求

炫目而漣漪旋轉的童話

啟動幽冥光線切開

浩浩鳴奏曲裡

或哭或笑的港灣是否沉睡

酒色而輕晃的山櫻吻過青蛙的天空

會不會匿藏起夜鷺最後的故鄉

像引渡我們相遇

如此不期然

曾經訴說悲傷的晨露

在昨日的陽光裡

躡手躡腳摘取一些

被雷雨浸潤而等待闡釋的命題

樹葉啊樹葉

最終我們無法不凝視

那些因為流浪而都曾居住過的城市

濃烈不了窺探貓腳印的咖啡

引笑藩籬上如此盛開的薔薇

那些悉心的等候都將止息於

必然或者偶然

花園是憂鬱或者幸福

最隱然的微不足道

卷二
# 島的日常與非常

# 土地詩人與島嶼之愛

## ──讀《吳晟詩選1963─1999》有感

1.

我仍在某些午後撞見

童年屋後

那一片連綿的甘蔗

與低伏的蕃薯田

錯亂堆疊且被烤焦的土塊

總在沒來由的豪雨過後

有土虱乘浪前來造訪

幾次深夜

鄰家門口觀看

黑白電視閃爍的世紀棒球賽

註解著那些年

店仔頭仍是我們

共同且熟悉的語言

2.

糖果和豆干包裹太多心事

父老乘涼的米酒也得

伴上一疊花生

才能在月色下把日間的煩憂與勞苦

——下肚

不遠處

綿延不斷的溝渠是餵養

以涓涓細流

夕陽照在翠綠田間

迎風的稻穗在歲月中已黃過多次

那深深執著且凝視的吾鄉

始終是暗房裡

反覆沖洗而面容數易的底片

難以定格

一生牽掛

3.

多年之後

你依舊用足跡

在島嶼上寫詩

用不乾涸的汗水

在被欺凌許久的土地上

插秧　種樹

多少風雨

摧殘與破敗打不倒堅定信仰

那始終堅持

有用的人

在故鄉星子的眨眼微笑中

讓生活的平淡找回

最美好的詩藝

# 詩・禪・意

## ——讀《蕭蕭世紀詩選》有感

1.

緣本無需

緣來渡化

晨昏苦澀

錯亂的掌紋讓時間

與空間的羅織

走入凡間的花開　花謝

思念的漁火

在不遠處隨風

靜靜展讀

魚所頓悟

石頭的心事

2.

有霧來時

繁華不再堅持

笑看雲間　自我

午後茶溫沖淡花香

遠方的想望有海

徹夜大雨滂沱時

誰將舉起

一把透明而寬闊的傘

在岸與案間留下

詩意的一瓣

3.

深黑的幽谷穿越

胸中有曠野無垠

沿途滿佈的荊棘試煉著

天地間沉思的步伐

且以山嵐為鏡

晨露為梳

在毫末間

用一首詩的完整

容下所有悲喜

那千千萬萬的微物

與微悟裡

詩人都是過客

亦是

大哉問的歸人

# 花、夢、痕
## ——讀古月詩集《巡花築夢》有感

### 1.花

花非花

是一張從木窗格裡探出

仰望四季的臉

昨日驟雨過後

記憶的青石小徑上

磚瓦無聲斑駁

歲月成為潮溼的柴薪

迷濛中誰還能夠點燃

那一盞署名為詩的

心燈

2.夢

夜

有時不眠

且放任一紙輕盈的薄箋

恣意遊走於書房

濃淡筆墨間

一名從唐傳奇出走

穿梭若蝶影的女子

在豐潤唇間以月光傾訴

詩語抒情的祕密

### 3.痕

琴音不再

那擾動的滄桑

曾經讓荷葉飄過

無痕

夢裡

反覆追尋的故鄉

是一條奔流無止盡的河

遠山是一杯苦茶清香

煙雨讓柳枝借來的故事

眼淚複調起石橋哀傷

天青之後

仍要邁開腳步繼續前往

下一個狂放或溫柔的五月

那天際深情的凝望

仍是巡花

亦是築夢

# 詩心頓悟成白

## ——《辛牧詩選》讀後

1.

千階之後

古老的軼事早蒙上

一層厚厚的灰

小徑上幾片褐葉隨意飄落

十月寒雨

竹林靜如

唯誦讀之音

仍在耳邊迴盪

燈火在群山之外

詩心頓悟成白

2.

桌前等待

午後一壺

陳年普洱

風鈴搖動

而風不來

熟成舒張的杯茶裡

靈魂赤裸裝載

深遠之地的濃烈鄉愁

迷走方格中

日夜不休的川劇變臉後

誰還能夠引領我們

走向真實之路

3.

流與旅
在雙連到淡水的捷運上
眾聲喧嘩
窗外片刻翻新的景色
在漸次的昏黃中
如蛹蛻變成蝶
而我們知曉
躁動無明的光是屬於盲者的
只有黑夜可以看清
海是那堅持
且唯一之姿勢
在搖晃不安的旅程中
讓思與詩
──串連成飛翔的存在

# 流動觀看與抒情祕密

## ——須文蔚詩集《魔術方塊》讀後

1.

那些午後
膠卷泛黃的故事終於不再
安然棲身於闃黑螢幕裡
虛擬的鑼鼓與戰火聲
失空斬了
父親記憶劇本裡的驚險和哀傷

不遠廚房處
母親的江湖正以內力
在鍋碗瓢盆的燥熱虛寒中大喊
：「鹽！誰快給我去買鹽！」
待人聞問的餐桌上
遂以平淡註解了
名為幸福的思鄉病

2.

畫布不再只是寫實
華麗的城市不再只被霓虹淹沒
那些穿梭學院的歲月裡
流浪者的詩句偶爾
在臺北街頭低迴吟唱
薔薇色的樂音撫慰疲憊心靈
未曾密謀的文藝開始進駐
空蕩許久的老屋與捷運站

時間的轉盤告別煙花
數位與多向文本
在後現代嬉笑的轉身中默默取代
沒有指針與星星的航行
千禧年時誰在倒數
BBS年代開始飄浪的電子郵件們
在當機之後紛紛宣告
我們正式來到
一個已讀不回的年代

3.

星光垂釣立霧溪
黃昏的奇萊山下你無數次想起
法國梧桐樹前告別的那次遠行
而今你放下慨嘆熱烈參與
在深秋的迴瀾豐饒一個思想的天地
濃霧中新苗等待灌溉
風和雲則不妨
鳴放著記憶變奏曲

翻轉不停的魔術方塊裡
抒情總彎身詢問
鯉魚和七星哪一個潭
更接近於螢火蟲飛翔的古典
每週的行旅你穿身而過
栽種詩的蔗田與橄仔樹紀念碑
懷想淡水河那端觀音山的祝禱
白鷺與未能島嶼歸來的江文也
以俠客身分遨遊於互連的網中網
並用多情的盪劍式想像
一個詩國新時代的來臨

# 一枚松果在墜落中看見詩

## ——讀羅任玲詩集《初生的白》有感

### 1.

時間走了漫長的路

才終於找到

午後的德布西

印象色塊以眠夢

精心捕捉著靈動

而更小更小的音符

那些燦爛如雨

亦或者超越我們想像

的一整座海洋

在每個失眠而無詩的夜裡

向星空摘取一些

月光

2.

所有的記憶

都是潮濕的

幽光中那些衰老

而虛無的日子

像一只黑色清瘦的貓

在貧瘠的餐桌上尋找

僅剩的溫暖

火車在遠方的時刻表上誤點

昨日的那界海叨絮著

上一與下一個雨季的漫長

窗外凝視的曠野將影子拉回

故事啟動的彼刻

連瓶中信都不易被理解的年代

一整座島嶼的海岸線

將如何讀取

一個旅人的孤獨

3.

已經出走的書信

無法收回

像年少時將靈魂的碎片

悉心摺疊

掛上溫暖好聞的枝葉

穿梭而過的春天雀鳥

意外擦落

未與這世界干涉的

一枚松果

在墜落中看見

果核裡飄出這樣的句子

：「在夢與現實的雙肩上

詩是唯一

初生的白。」

# 愛的流星雨及其速度

## ——王添源詩集《如果愛情像口香糖》讀後

1.

月台上人聚人散

風景涉過時間而情節流轉

大雨來襲時

黑夜焦躁於一把倏忽張開

堅持畫圓的傘

若是傾盡所有

才能搭上相遇的列車

誰來證明

我們手握的是同一張車票

2.

躍入故事的茶館
未曾停息的話語恣意
溫煮濃郁
鍋中翻轉遠方純然的菜色
起始的起始
深邃咀嚼未曾武裝
音調氣味彈奏如此流暢
像坐在屋頂並肩
看星而措手不及於一場
夏日的流星雨


3.

電扶梯上轉身
相視的靈魂漫漫踢踏
滲入牽引凝視醺香的髮茨
速度學習放行
考究熱切溫度的底片
默默盛裝的心事逆泳著
讀出與被讀出的
一切情節
如此偶遇而必然幸福
妳是我上夜與下夜
所有的夢

# 關於啟航以及一千次的歸來
## ——《陳黎跨世紀詩選1974—2014》讀後

1.

能指與所指在洶瀾潮溼的海風中分離
一個不那麼虛無的虛無主義者
嚮往冬日用素描勾勒詩的流亡政府
拾起照片將顏色洗掉，黑白風景
把飛揚的翅翼小心摺入
魔術方塊的失眠

今天你是否依然康德那些
柏拉圖式的愛與亞里斯多德微笑
潛水捕撈珍珠的水手都已離港

鬼影也不再輕盈踏入那些夜夜狂歡
且抽象得異常沉重的酒吧
形而下的軀幹吞噬不了形而上的修辭
沿途掉落的糖果抵擋不住
或輕或重的文字憂傷

蝴蝶啊蝴蝶，恣意飛往無人小徑吧
十行或者十三行都不再焦急於
那些消失的街道、部族與名姓
是閣樓掉落的書頁，喚醒秋天青澀的想像
：「南方有酒、有歌、有佳人；
然而愛，卻還停留在大雪紛飛的北方。」

2.

在島嶼邊緣
我們曾是複數
亦是一個難解的
單數

默想的藤椅和風，在色彩與氣味中學習
旋轉木馬是時鐘，貓從音符裡熟練躍出
突擊隊在太陽沉甸甸時紛紛走避
那些年，遺失鑰匙而打不開的抽屜
始終耳語著，離去的忠貞

月光照不到琴弦，隱喻與象徵的柴房
一度被囚禁於森林，盡頭比夢境還深
世界的馬戲團讓可以摺疊的旅行袋
成為一些簡單的日子，告別禁錮而渴望
新航線的十四行，匆忙駛去
單程票的旅行，黎明就在我們身上

3.

濃霧之後，那些光榮的時刻請暫時
退散如一池睡蓮在畫布中感覺魚的悲哀
雷與閃電在窗邊親密個不行
年輕的華爾滋不知戀人們
都是精善於修辭學的煉金術士

永恆的桌面上，博奕正在進行
生命如薄紙，落葉的憂傷
時間不必知曉，穿越歷史的運河
誰在瞭望台瞻望起山林水色
多年後，終於被推倒的圍牆與雕像
伴隨你的離去，月牙灣在樂音裡衝浪

傾斜的航程中立霧溪早已酣睡
奔流的洄瀾成為我的血肉我的骨
花蓮港街穿越一幅幅古老地圖
從海的那端，走了過來
我仍在戍守，而你早已出航
關於海浪、燈塔以及一千次的歸來

# 詩是一冊隨風翻動的寶藍色筆記本

## ——《從詩題開始：孟樊小詩集》讀後

1.

詩是一冊隨風翻動的

寶藍色筆記本

說新不新

說厚不厚

不分晴雨、四季

你總是將它揣在懷裡

只為時時與一枝情思飛揚的筆

譜出一首戀曲


2.

愛是從火柴盒裡抽出的一根火柴

點燃後幻化而成的音符

有浪漫的法國號

沉鬱的低音提琴

也有清揚的鋼琴曲

端賴著指揮棒

要風和雲往哪裡去

3.

未央的夜
是截句
也是絕句
一雙古典的翅翼
恣意遨遊於燦爛星空
也叫桌前的我們
日日修練著絕美的文藝煉金術

# 夢就要從太平洋起身

## ──許悔之詩集《當一隻鯨魚渴望海洋》讀後

　　　　　欲死的美麗厭倦解釋

　　　　　甜美的墳場我將腐敗

　　　　　時間進入屏息的倒數

　　　　　夢就要從太平洋起身

忘了應該激動

這體內的鳴唱

那樣遼闊也那樣孤獨

湛藍　我們深知

迷路是一整個冬季的航行

將命運照得清楚

在偌大的海洋中接近
吻著熟悉的聲息
我們曾經共有一座島嶼
無須命名
四顧茫茫的煙霧中　歸程
狂熱的以弓背向月色接近
思念　是幽雅的形而上水霧
不期然地抵抗　地心引力

我走入海　且游出
你用渴望織起的水幕
疾射之箭
溫柔穿風而過　你說
：「詩為知己者而寫，
莊嚴不可兒戲，
宛若，當一隻鯨魚渴望海洋。」

# 某一瞬間的故事

## ——簡政珍詩集《季節過後》讀後

時間按停

或虛或實的倒影裡

落日成為背景

水鳥啣秋葉而去

現實的重量若鞦韆

擺盪的心事

是兩條平行的鐵軌

奔馳的南下與北上列車

季節過後

世界依舊在繁星的寂靜中睡去

我們早遺忘於憑弔

遠方的鐘聲和漁火

未盡的言語中

濃茶熟成的回憶在黑夜

綻放著煙火

而你始終定坐桌前

堅持讓詩

成為

某一瞬間的故事

# 島的日常與非常

## ——張信吉詩集《家的鑲嵌畫》讀後

1.

生活的證據請以圖為序

北回歸線出發

擇日從北港、新港一路前往

進香團迴旋

鞭炮聲中眾人伏地

親吻

日夜以濁水溪餵養的嘉南平原

烽火中你抬頭

且問

十級季風如何吹起

1970年代雲海與煙囪誰高的

那些事

2.

古老傳說溢滿虎尾溪畔

新故鄉新家庭繞三圈才到站

熟習的海濱依舊忙碌

時而喟嘆

隨黑潮遠去的福爾摩沙奇蹟

冥暗書房中你振筆回想

綠島蘭嶼遠足

太麻里見日出

阿里山側觀流星而車前草引路

拔高的緯度裡

八色鳥用沾滿泥巴的言語教會我們

捨棄肉眼看微塵

靜心者得永福

蒜苗藍瘦不香菇

3.

未完待續

那些

你所接獲南方的來信

火燒的陰影終而不再

籠罩渴望光亮的新祭典

歷史轉身之後

誰將鑲嵌和註解

詩的隊伍裡千杯千杯再千杯

睡眼惺忪中有寶可夢

慈悲者獲得

# 之後

## ——讀曾美玲詩集《相對論一百》有感

之後我們都將注目

且並肩行走於

天涯不及處

用明日的影

讓風忘卻

昨日所經受屬夜的那種冷

學習成為一個

□□

不須言語

靜靜等待

花從胸口開出的那一刻

讓摩挲的吉光片羽

都是

最後詩的誕生

# 舞台劇
## ──讀商禽〈溫暖的黑暗〉有感

所有女人走過

所有男人走過

所有被稱之為□□的戀人走過

一齣沒有註冊的舞台劇

話語顯得顫顫畏縮

可分明是

浪在不斷的捲舌中擁擠

七個太陽被射殺之後還有一個

一個！怎麼？就這樣

那極其溫暖的黑暗

帶著棉花糖的假面全都匯聚

一片宣稱要寂滅的星空

# 島嶼詩想起

## ——陳胤詩集《島嶼凝視》讀後

　　　　起先我是一棵樹

　　　　後來我躺成一座島⋯⋯

### 1.

紅磚敲響跫音

南風從木棉花上接下夏日花語

熾熱朝陽喚醒小鎮滄桑

擱淺礁岩不再畏懼流光逆旅

蒼鷹來來回回的天際

浪翻過幾個世紀

觀音山和八里渡輪

早看透人間悲喜

由此出發的美麗島上

溫暖燈火和港灣

時時以山稜和海濤

呼喊著我們回首

再回眸

咖啡香裡的左岸

已是炭筆畫中的斜陽

2.

卸去布爾喬亞的身分

我們

昨日皆安眠於

都蘭的山林與洄瀾的潮水

太平洋的夢蜿蜒

曾經細雪遍灑的海岸山脈

是如此在季節裡賣力歌唱

七星潭和大武山包覆太多心事

祖靈昨日沉睡的阿朗壹古道上

風已不再引領遊子

迷途的歸鄉之路

摩登的都市叢林裡

我們都早失去原生的翅翼

只能在歷史陳舊的卷軸上重新學習

島的飛翔和行旅

3.

行過繁華與鄉野

我們悉心以詩撫觸

在堅實土地上探問

低吟小夜曲的星子

如何讓秘境的桐花淚濕

八卦山上的鳳凰花怎樣結識起

始終微笑的天人菊

走過四季

向陽的稻穗

是嘉南平原新生以恩典

陳有蘭溪與愛河潺潺

是靈魂深處永恆以辯證

那漫長的旅程終將停駐

青青榕蔭下，拭汗品茗

且說起這詩想起的島嶼

幸福無需言說

只要用腳落款

用心聆聽

# 詩的鍊金術

## ──讀紀小樣詩集《啟詩錄》有感

1.

雨在窗外與夜呢喃

笑穿透紙張

言語說不破的角落裡

星星滑落

數列妾身不明的文字

註定被竄改身世

因而驕傲地弓身

以夢典當

被意識腐敗了的□□城牆

2.

在曖昧的角落讀詩
將味覺轉化成嗅覺
將嗅覺延展成視覺
將視覺典當成聽覺
將聽覺偽裝成觸覺
將全世界的夢
通通裝進
我們失眠的窗格


3.

在黎明到來以前
每一首詩
都害怕黑

卷三
# 獨立時光年代記

# 時間讓詩成為鱗片

## ——蘇紹連詩集《時間的影像》讀後

1.

濃霧走進月色

露水轉喻傷疤

在監禁前意外遭到釋放的意象

被突來的狂風

吹亂身子

護城河上

降臨與降靈成為臨界

昨夜的燈籠勉力接起

仍有一絲溫暖的細雨

光和影

無可避免的折射鎮日風景

快門顛倒解讀

將憂傷吸入

那些屬於詩的夜晚

2.

一整個夏天

浪在沙灘上緩慢書法

時間讓詩成為鱗片

錯植孤寂

卻唯一

一種目的性的存在

庭院的老舊躺椅上

沒有貓的午後文字砲彈自腦中

集體發射

隨意打落未及逆流

旋即被捕獲的魚群

抖落鱗片那刻

被刪去的文句以血充滿張力

紫丁香塗布滿你我眼中色彩

生命在茶煙中找尋感動

世界裝進語言的行囊

3.

每一次月台的告別

就是臉書與IG首頁的登入與登出

對話和影像堆疊起城堡

心成了書頁末尾

無關緊要的附錄

手指和眼來回穿梭之際

筆端早已乾涸

身體與靈魂被摺疊入

膨脹慾望膨脹眼角膨脹話語下

一張張扭曲的臉

然而島嶼兀自前行

且堅持

：「世界柵欄著我們，

而我們柵欄著詩。」

# 而我仍是秋日，那唯一聆聽之人
## ──林文義詩集《旅人與戀人》讀後

那純淨的音降臨
朝日以迷濛方式觀看
徹夜行走
我們企盼抵達的鋒巔

當書寫的眷戀沉睡
久候的氤氳呼喚
翻轉夏日那一道美好
霧中絮語

仍以孤獨而寬容的姿態舞動
眨眼裡頭
必然有著歲月淘洗紅葉
故意擺下之
流星音訊

曾經是荒煙蔓草
自由寧靜並不期待
墜落太平洋你十四行的身影
而我仍是秋日
那唯一聆聽之人

# 我的憂愁我的愛

## ——讀顏艾琳詩集《骨皮肉》有感

1.

音樂貼滿四面牆

遠方有海

豔陽的離去是為了下一次的歸來

2.

刮去皮肉的

我虔誠的骨

禿鷹是否比靈魂更接近天堂

3.

血紅大口的夕陽吞下

那條寶藍色長河

吐出的骸骨漂流成妳桌上誘人紙鎮

4.

一杯滾燙的拿鐵從高樓墜下
夜色於是登陸我的陽台
藍調如詩

5.

徹夜走水的殿堂匿藏
來不及閃躲
而被烤焦的朱砂與唇印

6.

在倉皇溺水的那刻
想起
昨夜忘了對妳說愛

# 與時間躲貓貓

## ──《貓貓雨：劉正偉詩選》讀後

### 1.

茉莉花香飄散

秋意

在夢花庄打了一個大盹後

異鄉漂流的遊子開始思念

如絲的山巒起伏

眺望遠端那些曾經的冒險

你說

六月天不在人間

七月八月也不在

九月不期而遇的落葉

在生命轉彎處多次探問

遼闊如大海

亦有它不解的憂傷

2.

雨季來臨前

你熟練的在歲月暗房裡烹煮

茶色的寂靜

與進擊的鼓聲

年代紛亂

來來去去的交會裡

風和雲始終未能理解

走與不走

愛與不愛

最終都將

沉靜如一首十四行詩

3.

在時間的旅途上躲貓貓
已讀
回
或者不回
是島嶼上朗朗的歌聲
還是獨釣寒江的百年初雪
斜坡上偶然相遇的絕句
叫青春和歡樂熟習忘懷
如貓似雨的那些憂傷
如今已經走得太遠
太遠

4.

留下一行等妳
在太平洋已然鼾睡的松園裡
是那些日子
從陽光擁抱的野薑花中
長出一個
久違的詩人夢
叫你眼角的哀愁中有我
而我眼角的喜悅中有你

# 群山有霧降臨的彼刻

## ──《空間筆記：陳皓詩集1½》讀後

1.

雨季過後
語義分歧的小徑
五月留下許多心事
愛戀憧憬的年紀
青春豢養起美夢
相識是陽光孵育笑意
珍貴的畫冊期待收藏

北緯二十三度的相遇
是沉寂音符對話起優雅的舞步
是靈巧寓言拆解著矜持的高牆
是夏日的溫陽終於曬乾那些
鎮日潮溼的月見草
是北極星據聞匿藏不老傳說
而海和港灣
是遠方我們未見
始終不期然的幸福

2.

群山有霧降臨的彼刻
隱喻的色調
調和著年輪孤獨的囈語
昨日叢林在酣睡之中初醒
缺角地圖讓記憶迷失方向
迴旋的溪流潮聲湧動
躍舞魚群和卵石敲擊起想望微雨

山城裡的四季
故事必須鮮明
春夏是起承溫柔的試探
秋風婉轉朦朧而微潮夢境
意象書法抵禦苦行大寒
幻變的時空裡
你熟習摺疊起詩行
而我
仍是那一枚自由的雪花
不易註解
不需詮釋

3.

夏至之後
未及寫就的詩行
——沿海岸線前進
徹夜安眠的關渡平原
環頸班鳩以耳語叨絮
遠方觀音山慈悲
火紅橋下大河之戀正要揚起

淡水河不淡
紅樹林不紅
流浪之後的雲彩翻越金黃谷地
是誰的畫筆
趁亂將迷濛詩意收入抽屜
只有風還在靜靜等待
一個島嶼夜晚的來臨

# 詩與它們過動症的日子

## ——唐捐詩集《網友唐損印象記：<br>臺客情調詩》讀後

1.

捐成為損
臺客成為情調
愛成為病中
唯一的無效藥

2.

關於那些年
一起追的愛
究竟是三角
還是三小

3.

當世界深情走過
每一次芭樂的告別
都有菜市場歐巴桑
陪伴的眼淚

4.

減肥減到頭蓋骨
那卡西也能配上藥燉排骨
世界是巨大的連連看
過於擁擠的D槽宅男太多大好河山


5.

鯨向海的颱風夜
泡麵和大茂黑瓜
是心底
最淚牛滿麵的安慰

6.

默默把垃圾傷停時間
派工具人鎮守中外野
按讚與暗樁同樣讓秋天眾人讀書我先睡


7.

肉搜那些十二生肖
長輩圖包圍的城市
詩像加了奶的咖啡
七傷拳卻棉花糖力


8.

燈火冥冥過動中
那麼年輕就要燒完靈感
像拜拜後夢中老看不見
習慣拋棄的上邪和下邪

# 膜拜與這世界的真實及虛構

──張至廷詩集《西藏的女兒》讀後

## 1.

生命流轉

你皺紋滿布的臉上

時間鞭打拗韻傷痕

呼吸在臨界點

裂解記憶不用言語只用眼神

擁擠人群中

佝僂手杖踽踽獨行僻涼註腳

早被蒸熟的靈魂辯駁著

不見斑斕閃爍

早華桂冠

2.

陽光為盾

膜拜以為膜拜

被追擊的光影白天黑夜

讓卑屈化作尊榮

海洋不與陸地比較偉大

高原不和山巒爭執旅程

陽光如此荒蕪雜草

說與不說

信與不信

舌尖滋味耳中溜轉

虛掩門後凝視的眼睛

看不見自己

3.

真實易於腐敗

而虛構從來就不

西藏啊西藏

霧霾來襲後誰將

破譯西方的玄之又玄

禿鷹盤旋

金碧輝煌的宮殿未見

施予終將焚去

奉獻

連同手指肌膚脊骨與

攀援的蜘蛛絲

**4.**

別用名號喚我

我早已失去名姓

如同故鄉已隨貓兒尾巴躍去

西藏啊西藏

西藏的女兒在生活中學習生活

用微笑推開天地擠壓

在滾滾黃沙裡探尋

沒有止盡的薄霧升起一堆

小小憐憫的柴火

而妳走過

見過

世界

動也始終不動

# 放開

## ——讀丁威仁詩集《流光季節》有感

0.

這世界誰在等待，屬於
容易驚嚇的那種冷。

1.

時間按停
高速迷惑的牆面斑駁龜裂
時間如岩層抽屜打開
被雷聲記憶的黃昏
宿命地成為背脊偶然的一種冷
且小心假設
飲一觴濁酒就能
繞過蜿蜒的鐵軌

2.

若干年後無法錨定
喉音在色彩中祕密結社
燙壞了柏油路
忘記躡足的那些靈魂
魚是我們學習風
風學習平靜
別人遺忘的舌間碰撞裡
即興節奏呼喚
晨醒的第一道啼聲


3.

落在嘴邊的言語沉入大海
流浪的方式糖漿無法治癒
那些摘下的臉皮如此疼痛
像午夜召喚我們那一首詩


4.

雨季早退
童話紛紛通過暴風圈
一道道陡坡堅定起的眼神
宣告潮溼
已遠離光圈

# 飛舞的樣子像風鈴

## ——李進文詩集《一枚西班牙錢幣的自助旅行》讀後

港口

披起一片晨霧

徐風中你叮噹的舞姿

是年少久釀如秋的詩


多麼熟習的句法

沿著

寂寞的海岸線你一路叩問

價值曖昧的意識型態

曾經讓整座島嶼震盪

若誤食大量嗎啡

嘴唇闃黑且血管中漫流污水

蛆俎在毛髮中叢生

暗地裡咬齧

翠綠豐沃的軀體端坐在

資本主義豪華的列車

含淚揮別

如此不捨

但你哀傷的舞步仍舊堅定

如落地的鏗鏘

你之為錢幣

於價值世界永不結束的自助旅行

在卑微與偉大的口袋中同樣堅挺

平凡的名字背後你是

澄澈的水晶

飛舞的樣子像風鈴

# 海是流浪個幾天再回來

## ——嚴忠政詩集《失敗者也愛——The Sea》讀後

1.

黑鍵拍岸

拍案

意義的迴路在不遠的遠方

滄海桑田從問句裡回來

時間佔領區中

赤裸變得更加赤裸

世界卻不急著觸礁

等於法海

固執著愛

不是愛

2.

如此群山而拼圖留下的裂隙
叫人懷念那個鳥年代
貓在牆角上懸案
而劇情精采
你說
曖昧是詩的染色體
在最後一行的地方
隔夜
其實也並不那麼壞


3.

某些悄悄的生命屬於藍
時間用一種手勢
不禮貌的忘記
海岸線後故事的結局
位移的窗景叫霧氣解散
細雨句點悲傷
意象漂流在嗅覺之外
細心孵育著
未出土的名姓
你多次探問海角
誰將為那潮溼的港都譜曲
填詞尾鰭最後的憂傷

**4.**

時空摺疊起音樂舞台

午後咖啡的光澤裡

你高呼

詩國版圖太冷太冷

無可救藥的風車騎士

日落後一直都在都在

記憶與遺忘的十字路口

誰比誰更加

靠近這個時代

火與雪一同被愛

海是流浪個幾天再回來

# 星空、木馬與愛的蕩劍式

## ──姚時晴詩集《我們》讀後

0.

我們是經常的愛與詩

牽掛與不牽掛

那些時刻相互融入

咖啡、抹茶

以及巧克力的

濃蜜陷阱

1.

臨窗夏日

每道熟悉的門窗背後

乾澀過的時間緩緩飄落

剪裁的虛詞

傾斜郵箱裡沒有郵戳的信

都曾是

（星空）的密碼

2.

在童話與囈語中奔馳
所有
未完成的彩度
遲來的音樂裡
（旋轉木馬）兀自轉動
且填補青春
和未完的縫隙


3.

有溫度的街道裡
被裁切的號碼牌殷切轉述
厭倦即將成為
遠方的每道閃電

繞開那些佈局
而你必然轉身
在關鍵的每個轉角學會
（愛的蕩劍式）

0.

我們經常不是
愛與詩
是漣漪無數
指尖滑過季節裡的
小齒輪

總想像
雲一旦風清
蟬不再如溪流鼓譟
那登陸木麻黃與紫藤的
最後一顆
會是誰的種子？

# 愛的發聲變奏曲

## ——馮瑀珊詩集《茱萸結》讀後

低著頭的我屬夜的情人

蠟筆雕刻給我一朵

署名「LOVE」的花

將它別上鏡裡我空洞的胸口

好聞的氣味挑動起沉睡思念柴火

春天要來而冬天要走

愛慾憂愁卻還心底駐留

它們在夜裡爭論我沉默無語

半透明的屋裡風它崇拜起肉體

此刻我要淋浴且欣賞自己

腋下的氣味比秋天還要富有深意

白天黑夜在天空裡每日相親

火是不期然的宇宙之必然相遇

危樓是唇瓣是果香是年華讀取

所有眷戀都該趁霧起時快速離去

詩集標記書籤是提琴鳴奏曖昧背影

最美是血脈奔放是史詩雕刻愛情以變奏曲

# 詩與遙遠星球之記憶

## ——讀陳少詩集《被黑洞吻過的殘骸》

### 1.被黑洞

夜孵化無盡

只一個轉身

靦腆的字詞

在列隊後紛紛升空

駕小艇追捕

滿天螢火的星子

銀河慨歎

北斗的勺

始終無法藉機撈出丁點靈感

只好放任虛無的天空

被黑洞

## 2.吻過的

離家之後

粗礪的岩石不再逐日拍打

穿著碎花裙的浪花

桌前那張金黃滿布的稿紙

午後不再疊滿

短短長長的詩句

寂寞的窗格

把憂傷通通攬進列車和海

丈量在海浪聲中響起

那引人回首的鯨豚之聲

是深秋

吻過而別離的戀人

### 3.殘骸

雷雨頻頻來訪後

你依然在鍵盤上書寫

那些遙遠而未知的星球紀事

百倍望遠鏡後的夜太過誘人

朝陽日日在恆定的軌道上

呼喊著早餐與啟程的美好

一日

你終於讓自己發射

前往　下一個星系

而詩成為我們回憶你

唯一的殘骸

# 抒情的現實與傳統

## ──2010年太平洋詩歌節聽須文蔚教授談詩有感

1.

是誰

用足音拍打堤岸

冷雨驟來

手指點數慢板時

緊緊相擁的白鍵與黑鍵

沉默在鵝黃光影中

五彩的風箏變化出數十隻舞動的手

濃厚雲層翻攪著

凝視遠方的你

正以翻讀書頁的速度

堅持行走

尋找光

2.

那些以音樂與酒杯建築的歡樂
就要散去
當世界謝幕如同
一場五彩繽紛的舞會
遭人竄改的里程碑指引著
輕聲辯駁的抒情詩
傾倒於數位的你
決心流轉
到一座霜雪孤島上
以緘默層層拭去塵埃
且飲

# 那摩娑著火花的沉默絕非沉默
## ——讀《我願是妳的風景：羅葉詩選》有感

1.

可以這樣簡單的迴身
走入黎明微醺的步伐
微風對花低語
雨滴敲響塵灰窗格
海浪總輕撫遠處
初春山裡飄來的
自然之歌
病痛中寧靜不忘傾訴
那摩娑著火花的沉默絕非沉默

2.

這屬盆地的城市
必然怕冷
夏日熱得像一首
七月的落湯詩
節奏是汗拋物線的狠勁
語言中有青草茶加大碗公冰
斷句是早晚兩次
洗了又臭的冷水澡
押韻居然帶有我們都熟悉的遊行與抗議


3.

我們都曾是親吻
且推倒巴別塔的少年維特
熟習豢養一些寂寞
飛鳥而過
笑聲隨腳踏車奔馳，午後
從麵包樹掉落的
深秋風景
是一面面窗戶
與漫長詩句的解構練習

4.

多年前
點名簿上小心翼翼
被劃掉的一個名字
在多年後逐漸站成
一棵渴望故鄉之土的行道樹
那久居
而始終喧囂的城市
意外掉落的葉與果實
是冬日島嶼的俯瞰與凝望之歌

卷四

# 岸與案

# 雨、午後及其可能

## ——秋水詩集《有時只是瞬間》讀後

　　　　若我們不談起香草

　　　　下午的陽光和風不會有任何特別

　　　　　　　　——〈聆聽香草〉，

　　　　　　　秋水詩集《有時只是瞬間》


1.

蔓延的趨勢在一場雨中沒有落盡

風像只流水

窸窣劃過相互問候

以耳語


年久失修的馬路上

火的味道早讓位給了言不由衷的石子

霜雪不來而季節依舊

頑強地在一個個路口守候

像童話還未開始

便走向憂傷的結束

窗內有某些深藍正在湧動
一首安魂曲默默播放
一杯咖啡及其金黃的時光
那始終被注目的位子
掏空躊躇和小心翼翼
以高燒、目光和墜落註解
愛無可等待

2.

清晨的林間裡風在甩尾

露水折射出夜

每一道由夢所編織成的光芒

黎明到來以前

挺拔又衰敗的葉子跨進世界的反面

無法察覺的暴雨正在失去

圍牆

以及風暴裡的波瀾


想像思想在身體裡騰空

愛也並非不即時

在接納的胸腔尋找共鳴

迷宮的出口裡

含淚有含笑的黃昏

在一座遷徙過後而窩居的小城

## 3.

秋水且讓秋水
讓江河湖海一再當成夢想
讓忘記受傷的核埋進
太陽和月亮縫隙的璀璨
耳朵被鷗鳥喊出春天
黑暗不再是最好的語言

浪啊浪中
那詩的種子已走上一條
自己的尋鄉之路
在光和上帝的丈量中
沒有結局或許
就是最好的結局

# 某些陽光，屬於你

## ——陽光詩集《陽光禪意詩》讀後

茶香蔓延

暮色在天邊裡歌

踏霧的百相裡

風以不羈徐徐走過

且執意呼喚

前夜被月光遺下而依舊逡巡的鳥

沉靜的廳堂裡

早華的古瓷已收斂

一則則英雄的讚歌

想像遠方岩石疊坐岩石

波濤漫過波濤

綿密意象在飄忽的雲中溫柔

成一張觀音的臉

且收起那些不及張揚

而生澀的陽光

讓青山安靜

光陰在你眼底

在一顆柳樹的靜謐裡

擁抱自己

# 從前的港灣不再停留

## ——三米深詩集《天橋上的樂隊》讀後

1.

覆蓋的回憶不再想起

一條北方的河

如何帶領水的孩子漂泊

煙霧般的蹤影

誰能知曉

離開是宿命

漣漪在心底

蜿蜒公路跨越千山

隨鼓樓無聲淡去

古鎮的身影

遠去

熟習的琴音在青春中遠去

似乎早被註解了的

那年過早寫完的一首詩

在歲月的地圖裡始終企盼

未曾寄出的

一封信

2.

繁星漫舞

陽光在夜裡燃燒

星河以秋風暗渡詩行

化作江南的流水靜靜等待

從前的港灣不再停靠

宣紙的筆墨中

那些被縫製的幸福

像高尚的靈魂始終唱著

自己的歌

愛情在縫隙中萌芽

寫一封

童話的情書

而一片枯黃了的葉子

始終知道

根在不遠處

# 愛與溫暖的困惑

## ——何若漁詩集《八月》讀後

起筆.

世界擁有多少種轉身
允讓記憶的柴火點燃
一場始終
在路上的雨

鋒利朝向內心
我們
從塔尖上的高處撤離
被迫交出所有稜角的鑰匙
而煙火習以為常
擦燃
雪的溫暖以悲傷

逃亡的鞭子抽打且質問
體內早已走失的肋骨
沒有星空的黑夜裡
命運的年輪卸下腐朽
在火焰中看見自己
如浪花飛起

收筆.

愛誠然是一種困惑
美是歲月雕刻的容顏

迷宮推開深夜的門
故事在巷子深處
向夢的上游啟程
你和你的靈魂躺在
同一張土地的床上
天空沒有邊界
寂寞無法署名

黎明穿透身體
以微小的動盪
無人抵達的山坳中
那些消融的雪花如何註解
缺席的春天裡
始終會有一盞
亮著的燈

# 我是麥田裡一株等待露水的花

## ——雨花詩集《追夢心情》讀後

1.

我為自己空出一扇窗
天空傾倒熱度以謊言
閃電通過荒蕪的沼澤
血管穿過體內而顫抖

坐在時間的縫隙裡
一列緩緩出站的特快車
像愛追趕著歲月
叩問是否
有一條刻滿名字的道路
通往　渴望沙漠的綠洲

2.

一個季節在蒙塵的歲月裡消失
長長的閩江水依舊繞城穿過
無數片楓葉的姿態伴隨著霧
隱沒山頭曾經的酒杯與歡笑

我是麥田裡一株等待露水的花
苦苦思索著愛
及其無法觸摸的高度
夢境的足音經常在掌紋間行走
像呆坐在失控的打印機前
回憶一個已失溫的名字

那些攀越過的夜
並不訴說著感傷詩句
而太陽總企盼照亮
生命所有的出口
或許會有那一瞬
世界將停止呼吸
像靜默守望一個鳥巢
等待一只鳥的歸來

# 如一只夜鶯，渴望著淡藍月光

## ——年微漾詩集《一號樓》讀後

1.

我們未曾在燈光下如此坦承

如一只夜鶯，渴望著淡藍月光

正濃的夜色裡

眼淚在詩題便已飽滿

有些故事只能寫在

更遙遠

而遙遠的南方

金黃的田野中

火車牽起山脈與海

單薄的海岸線從彼此的皺紋

走出燦爛時光

春雨綿延的午後

你激情地朗誦著

拖沓雨水中已然缺頁的詩

並不唯一的一號樓

在無數的百頁窗裡

放光

2.

記得太牢的故事沿瓷器的裂痕前進
年曆中早不忍撕去的一頁
讓三月
擱淺下天空憂傷的雲
善意的謊言裝滿整個法式黃昏
泛黃紙頁裡
愛是青石路上偶遇的花香

走在被落日多次拋棄的廣場
請允許我以高度
武裝羸弱的臂膀
曖昧讓我們忘了彼此的名姓
流年似水的噴泉叫整個平原熱淚盈眶

愛的裡外我們學會俯瞰
落葉讓某些枯萎再獲得勇敢
星辰與即將到來的星辰雕塑著冥冥天際
那閣樓的天窗下
伏筆撰寫的每一首詩
都是一部詩人的流浪史

後記：2015年7月18日至23日，帶領《創世紀》的年輕詩人們一行
十人，參與福州市文聯所舉辦的第三屆海峽青年節「海峽
東岸青年詩人西岸行」活動，活動中受到福州當地的詩友
熱情招待，並贈與簽名詩集。回臺後，先後寫下六首論詩
詩，以紀念此次交流活動的盛情。

# 愛與被貶謫的天使

## ——《韓波詩文集》讀後

1.

拄著一曲醉舟，當我
在無表情的大河順流而下
輕盈若瓶塞的躍舞，水手們喝著
浸透星光月意的海洋詩篇
彷彿正要發酵的醇酒，發酵愛情
雪夜中一對溫柔的雙眼。

誰聽聞海狂嘯的醜臉
一枚十足歇斯底里的骰子
陷阱出無數猙獰與貪婪的鱷口
翻騰的搖籃外沒有母愛
只有　茫茫無盡的鐵灰顏色
失去終點，我們
咀嚼著一個幾乎不曾結束的夢……

2.

如今卻終於靠岸，亦是一曲醉舟
拉起那條他人憎惡而我們珍藏的紅線
關於麻煙，絕然是一種至高無上的藝術
關於酒吧，我們高舉的流光催促著詩的純美
「那麼，關於愛呢？」
我蓄滿羊毛鬚的魏崙

窗外，紛亂的步伐雜沓過蒸騰的雨街
我們交纏於枕間的肉體卻如
一對永不垂首的天鵝。
唇間，多彩的母音以愛欲的合掌之姿
拍熄日夜，我耳邊的燥困
然而，我親愛的魏崙
除了詩，我們該如何高舉愛的翅翼？
除了不停更換終點，我們該怎樣
向生命的異教徒之書，吐滿哀傷的口水？

3.

群星沉睡而風微擺的夜裡
你新婚的妻子在寧靜的波紋上
緩緩綻開如一朵鮮碩的大野百合
堅實的乳房渦漩起道道
不曾停息的浪

你草原的胸膛於是站起一把
火焰的色澤
在鋼灰色的天際
號角，隱隱吹動
母音「I」
那地牛翻身的巨響

4.

伊松巴爾，我靈魂的母親

一百多個茉莉香的午後
楓葉地毯織滿查理城無邪的巷道
而我們叉子般細瘦的身影
星燃成兩支德製的奶味捲煙
流光擠進，謬思河畔金黃的拉丁舞曲

誰能嗅聞，是何處飄來的風
催促著我們聯彈的四手
脫韁似的野馬，亦不曾有過如此激揚的騷動
是一壺酒，滌淨斑駁鏽蝕的鏡頭
在遠方虹彩的輕吼下
牽引著，我逃亡的渴望

5.

玫瑰臉的暮靄蕩進我們潛意識的舟楫
昏濛之中，我卻顫抖不已
凝望著數百浬外
一池又黑又冷的歐洲之水
陰暗的深淵中那母音A的召喚
低響若群鴉盤旋著哀喪的告示
　：「這將是一場
永不停息的戰事。」

褐灰的鐵窗裁切著熟稔的風景
一張張失焦的照片推擠著意識過窄的櫥窗
蠟筆畫的天空持續昏眩
麥田、和風與花雕的山谷皆沉默不語
唯獨　唯獨一株
年輕的苦楝樹

6.

一八七〇年
十五歲的你在崩裂的窗台射出
如一枚奔火的殞星
那苦楝樹卻從此為你守候
守候一則幾近實踐的讖語
：「你將為這世界盜火
燒痛城市那虛偽的風景線
世人以異教徒的名號喚你
而你，將獲得一趟火鳥的旅程
一張地獄音樂會的　入門票。」

「那會是，一則七彩的傳說嗎？」
十六歲的韓鮑低聲自語。

「不，傳說屬於過去而我們
創造音樂的鍊金術。」
他聽見另一個自己，興奮低吼。

7.

九月涼夜如酒
整個貴族的巴黎醺醉在
法蘭西平原迷人的胸脯

你漏底的口袋卻正醞釀一個
不起眼的標點
一幅　逃亡者的悲歌

公正而無私
我鐐銬滿身的馬札司
盤坐多年你是否徹悟
在出生之前
我們都已欠下
一張還不清的旅票

唯有流浪唯有
愛情　誘解著靈魂的渴

8.

十四行詩的花瓣包裹層層糖衣
背叛亦是種無比艱澀的虔誠
多少歲月之後你們才會讀懂
一枚釀蜜的蘋果肉亦苦如
巴黎街角陳年的嘔吐物和陰唇
這死水的城市，靈閃的虹彩早被送進墓碑
一副副棺材被張貼滿沙龍的櫥窗
唇齒於是瀰漫起蒼白的福馬林

而褻瀆著神聖的音節
在每個午後吹送滿昏黃的雅座
但世人依舊堅持
：「高禮帽是這時代我們唯一承認，
做愛的姿勢。」

年輕的歲月中他終於昭示
：「我的詩句將是一把只供自瀆的陽具
穿透　空氣與形式的瀕死
撫弄　夜與惡魔的和聲。」

# 如此，並非花的存在

## ──高志豪先生譯紀伯侖《智慧的火花》讀後

### 1.

黑暗掩蔽花木

遮蓋不了那人一雙

撫慰悲傷的眼

眼裡匿藏海的歌聲

大地之陽與種子的永生之靈

永生之靈裡不居住奴隸

生命之杯中不貪得

玫瑰的露珠如此傾訴

　：「莫以笑換取眾人冰冷的財富啊！

那無數船舶所靠之岸，

仍是啞然迷惘的孤寂之島。」

## 2.

墳墓並非結束
藝術並非藝術
想像是唯一
這世界心靈的創造者
流亡的處所裡
每日奔馳於國王新衣的人們啊
尊貴的水泡終究
悵然於刺痛那一刻的消逝
不如於騷動的蹉跎中靜靜等待
街邊小草無聲的問候

## 3.

美是肉眼無以覺察
照耀靈魂深處的色彩與花香

愛讓我們暴露弱點
卻無懼於利刃與黑牢的禁錮

花終究枯萎
但種子是世界生命永恆的奧秘

那人總是凝望遠方
用詩人心聲指引路人走過黑暗

# 愛情，並無二致

## ——王厚森詩集《搭訕主義》讀後

春雨茂發
冬日無人束起瞠瞠皤髮
轉身遙望楓葉
終究遲來奧義以覷覷步伐
還得切入
高麗菜酷熱持續發酵
晦澀逡巡
劇情多少底片並無
二致

告別小巷美味的油膩
曖昧靈魂時尚奔走
天色半掩
走味綠豆湯虛心掛念
關門或者開門
幸福天真如何出發
睥睨的墨鏡裁切並不理會
小花紫薇素雅出堅持
如此平淡斜陽裡
相會的眼神總有
恣意泗永的深刻

# NG的雜菜麵

## ——王厚森詩集《隔夜有雨》讀後

如此專注於清晨

你煮的　一碗麵

終究過燙的辣度

花枝丸冷凍昨日

愛睏的心情

細嫩麵條糊塗而

高麗菜隔夜

有玫瑰髮絲清香

遲來的燕餃大火裡奔跑

懊悔始終過大

卻不合身的衣服

在梳洗而不及回頭的間隙

你揮動鍋鏟手勢如此

安穩沒有多餘

暫時擱下寫詩的筆

濡濕白色瓷碗中

靜靜

為我煮一碗

NG的雜菜麵

卷五

# 已讀

# 隔夜有雨

## ——《向陽詩選1974—1996》讀後

隔夜有雨

但今夜我們仍需寫詩

如此，在紊亂的煙硝中慶幸

錯落風霜的桌前仍有一塊

陽光暫棲地

那樣寬闊且足以讓胸襟傷痛繞過

時而腫脹的肋間瘡疤

眼底，塵埃滿佈

你執意借來屬月的火

化風信子為柴薪熱切煨煮

雨露、鐵籬和蒲公英的那種懂

眸光淺淺微笑

聆聽，亦無所謂

隔夜有雨

但今夜我們仍需寫詩

在列車啟動的初刻恣意想像

未及註冊的旅程將有山海陪伴

老練如酒我們都已熟習

曖昧不需詮釋

緊握，手的溫度如此描摹

風的速度

夏日的金針花長腳挺身旋舞

滑過，大武山這一與那一個烈日長空

等待中，誰是匿藏的驚嘆？

引番刀熱血蒼蒼守護祖靈以密林枝椏

垂淚轉過，細膩的一百二十度後

極其蔚藍與收斂光色的彩虹橋

燈塔、松園、雲霞

呆坐如此

羅織碎片黎明前你我迸放的熱

熟悉燈影相異

音階，亦無所謂

# 我將逃亡，用香檳色的淚
## ——《商禽詩全集》讀畢

我將逃亡，用香檳色的淚

鴿子、長頸鹿與螞蟻橫行的深碧夜空

異次元的火車輪子在風中燒燙

那極其黑暗的溫暖

輕易地勾起不該被吞食

歲月的口香糖

口哨是男性的

如同彈簧床是女性的

那卡在旋轉門而乾癟的胸膛

早印滿獵風人追索

透支的足印

沉默接引被自己感動的天河的水聲

奔跑，奔跑，奔跑的孩子排列成飄落的雪

唯一的聲音在花裡頭種花

霧起的森林，在監視著螢火蟲

有潭為證而鯉魚歌唱

那澆灌過的

仍是一具飛翔的琴

堅持自卡車擊傷的夢中逃離


香檳色的，迤長的蹺蹺板

經常孵育我們不是能懂

解放的界

擁抱月亮的太陽徹夜潛行

為著，屋宇號碼的失去

我並非投入

而是決意

從你胸口長出蘿蔓色的花

# 吊單槓的祕密
## ──讀渡也詩集《太陽吊單槓》

從出生那天
太陽就被要求
吊單槓

每天一早
和光一起
和雲朵、蒼鷹、鐵杉一起
在太平洋
熱身

喚來風
想像
起飛時刻
一舉騰躍上玉山
用尋常不過的愛
換來觀日者啞口的驚喜
喚醒每個臺灣人辛勤的美夢

# 時間及其未停止的憂傷

## ——林燿德詩集《銀碗盛雪》讀後

走入你心靈的絲路

未曾　我未曾尋獲那一片稱之為

詩人琥珀的綠洲

只有雷

只有　憤慨的風砂

淹沒一張急欲辯解的口


「解讀本身就是一種沒有終結的惡夢

可是我們總耽溺著開始…」


你也曾是一名樵夫

砍伐同時種植座座迷宮的密林

所有仰視的臉龐都被都市的尖塔一再刺傷

唯獨你，喔，唯讀你

坐擁沙漏的兩端

「時間本身的憂傷，」你說
「一點都經不起黑鍵與白鍵的敲擊，
於是我們創造一種灰色的香水
沿路灑出歧義，灑向潛意識曖昧的光與火。」

因而詩人都注定是一枚
無法歸類的水晶
多菱鏡的天空，隨時映照出
一千個胖瘦不一高矮不同的眼神

等待著光年外的對望
等待一次億萬分之一的
核爆

# 音樂，是屬於黑暗中的
## ──鴻鴻詩集《黑暗中的音樂》讀後

音樂，是屬於黑暗中的

雨意流淌
靈魂濡濕
夜色悄然撤退如初冬悵惘的酢漿草
你執意拉開上一與下一個喧囂的劇幕
在列車不停的跳針中
用槍管掩護後退
沿途灑落的
是始終沒有離棄的夢境傷口
在雷聲裡靜靜酣睡

音樂，是屬於黑暗中的

折射的風聲細膩傾斜

未充分融合的色塊擁抱激烈

不斷沉沒的島嶼

在音符剝落之前妳試圖導演一齣

愛與分離的戲碼

如此乾渴

像假日捷運站中瞳孔收集著瞳孔

一束美麗的花終究被丟棄成為

隱隱作痛的碎片

於是學習著還原

靜靜拼圖裡的曖昧留白

像一首冷冽的歌

感動在忘記飛翔的黑暗中

# 寶藍色鞦韆上，是誰的眼睛在歌唱？
## ——陳謙詩集《給台灣小孩》讀後

車過忠孝東路，星月

虔誠底呼喚

未曾休止於黏膩喇叭聲中。

紅燈前，疲憊底表情驚訝於雨滴

趴達趴達，斜映錯愕年輪

如此熟練，我們

繞過這城市共有

青澀而線索織譜的往日

鎮日灰暗的開啟關闔

生活不該，是翅膀轉身曲行的優美？

鞦韆搖晃，孩子
當城市霧語迷離
天涯始終抖落金屬與混凝土色風霜
十六份的物語在遠方傾訴
該緊抓當下，還有
寬闊林間油桐花遽然若雪
七星雕刻的冷水坑默默汲取
天河眸光　明亮牽引起星星指落
前刻夜鷺的逡巡

孩子，你看！
寶藍色鞦韆上，是誰的眼睛在歌唱？
記憶的松枝空氣稀薄裡蔓延
輕易地長出一整片
驕傲的祖靈之山
夕陽收起榮光燦爛
不悔地招呼我們，張開臂膀
就能飲取太平洋最絢麗的波光

請記得，孩子
雙手環抱的蕃薯藤鞦韆中
我們共同走過
那一條以愛為名的河
共同開窗而看見
螢火蟲栽種絮語紛紛的感動
那遠航的船隻，遺忘
暖暖北回歸線的旅行箱
終究會在再暗之前
回到，想念的港灣

# 靜靜漂浮的傾斜
## ——顧蕙倩詩集《傾斜》讀後

故事淹沒故事

光影如絲

記憶泥濘如爵士樂午後

橫在公園裡即興表演的那張長板凳

未曾出發的窗口

細葉搖晃

或聚或散在風鈴聲中明朗起來

長長沉睡面無表情地穿越

那張長耳貓的臉

隔著灰白的素描

雲端裡夢境漂浮

如此吹著口哨踢踏總想望

在下一個日常不過的傍晚

逆旅抵達海風中金針花的漫長等待

無奈冷卻而又回溫的咖啡

始終擾亂著無法細讀

因為愛情的詩頁

那堅持著在鑰匙孔中

放大窺視時光原相的緊抿的嘴唇

遂漸漸消失航道地轉向

另一個漂浮的傾斜

# 豎耳是山，低吟是海

## ——夜半讀陳大為詩集《再鴻門》

1.

夜半，風聲早響滿涼意的茶盞

放牧的膠卷用力撬開下一段膠著

沉思中，迷宮地圖隱隱作痛

那埋在醇厚酒精裡的綿長軼事

不斷加註且被安心設想

：「裁切、延展、拼貼，最終將看見莊嚴。」

如此，忘卻唇齒焦渴與汗漬的期盼

讓每一次乍現的疾風與驚雲

都是命運狂歡的再出發

2.

無須焦躁整裝
闔起徹夜未及讀畢的書頁
熟習的論述者老早都該學會
搖擺跳躍上一與下一行的曖昧
浪聲裡，傳奇是一串串無聲的紙花
拋出羅網且從指縫流失的碎片呼叫
勢必拆散的那些堂皇說法
終究，將揉鑄出一張激昂大鼓
還是暈疼中逼真的霧？


3.

豎耳是山，低吟是海
在疾駛的西來浩蕩船邊
每條線裝的魚都企盼不要落網
一轉眼，不得了的五千年都得否定
從頭到腳完成天演的灌溉
無需暗房，不留縫線
頭一擺削去的都是陣陣烏黑辮髮
變法、變法，到頭來是誰
召喚出胭脂水粉裡的那條麟獸？

4.

南洋頭暈
馬六甲海風穿過
記憶中總是很細的沙粒壯烈篩檢
無緣擠入不夠溫柔的二十吋螢幕
泡壺鐵觀音或東方美人
讓茶樓與會館的梯子都不在半夜裡疼
就著昏黃冊頁飲一大口白酒
聽鑼鼓將歷史的廣角與望遠鏡穿透
被勒緊註釋的連環戲碼
大喊一聲：「退下。」
就此，平仄拗韻亦將
歸零

# 木馬、翅膀與航行的況味

## ——再讀林婉瑜《可能的花蜜》

0.

就要出發

說好的那趟長旅

未知航道風景辛酸未知

只想到

再沒有圓周線圈出現實的島

載浮載沉

也無所謂

## 1.

旋轉木馬上陪你練習

矇眼

張開翅膀

只聽聞金色的風能夠療癒

歪斜增長而掉淚的心

在下垂的肩膀上

直覺抵擋風化

芭蕾踢踏轉圈起舞

放棄強悍靜靜

等待下一個聲音的浪花


## 2.

隱形的斗篷加速

帶我們殲滅

總是過於漫長雨季的等待

如此過早

像吹脹青春的泡沫失去溫度

日子咬緊牙根

不再企盼

收集的點數能夠兌換

一整排憤怒那種鳥

3.

世界伸出一隻手
要我們在航行的況味中打撈
一盞盞哀傷的燈
一盞盞哀傷的燈也在打撈
一面面哭泣的霧
一面面哭泣的霧想起
戲謔的放牧中總有
意外的松枝
乃放任著拼圖光滑
欲望泅泳


0.

早起是另一片風景
孩子
天空之城比不上一杯豆漿
溫暖在人群裡的孤獨
歲月的小飛俠拉長身子
熟習用嘶吼沖泡
布景後總是過苦的咖啡
經常想起
任性的星座如果
就能停止在音樂響起的初刻
人生藍圖就此缺角
也無所謂

# 有人帶著百合花開的葉

## ——讀楊寒詩集《我的心事不容許你參與》

你說：「每一次完成，就是一種死亡。」
我說：「遙遠的沙漠裡頭有人行走，帶著
百合花開的葉。」

嘆息認證卑微
卑微認證
迷失陽光風大的那個夜
不經意摺疊書冊
縫隙後輕聲細語
盛開杜鵑絕非野獸或達達
十二片枯黃飄盪的葉

那樣古典，純真
學會不容許碎石輕蔑隱藏
其實，我也都曾留意
你所屏息她落寞的美麗
共謀居住於天上的星星竄改
冥冥意象波特蘭型海圖

我們都曾蹲鋸
紫斑斕蝶缺席而芒花盛開的河堤
想像憂傷熱切盼望那種冷
以燃燒的音速
刻畫遠端話筒旁她的臉上
昏暗／停滯／黑白／特寫
為那些寫好的壞詩哀悼
記憶潰散的哀傷
以及，轉身後最末最末一個陌生人

# 時代之歌

## ——讀李長青詩集《人生是電動玩具》有感

冬日以寂寒料峭烹煮
未知敘事茶香中倉皇奔走
且曖昧偷渡
一個久別愛人

慌亂間
記憶篇幅圍成戰場
歧異光景
或哭，或笑，或鬧，或跳

離別或者聚首的燭火
一開始就已點燃
那個眷戀傳說的年代，金黃閃耀
解謎無關乎
超級瑪莉或雲州大儒俠
誰是英雄

不同程度
深情抑或遺棄
都為了
過關

# 那些年，山和海的遠方
## ——林達陽詩集《誤點的紙飛機》讀後

側耳傾聽

時間的密林分出枝椏

顛簸的山坡如此靜謐

躺平一串

我們好聞的顏色和味道


霧起的黃昏不曾遺漏

拋物線的鉤餌索釣

白鍵抑或黑鍵

背對背的言語冒險

黑頭翁一樣穿越

折光縱谷

不曾輕盈如蒲公英
只好耍賴乘著
透明的空氣抵達
用明日遺忘的台詞讓沙雕坍塌
以成為
唯一的影子

灰而藍的存在
那些必然或者早已
拉上拉鍊的櫥窗
擁擠、風乾
直到我們都已熟稔
擠身入不再歌唱的溫暖

# 抵達，為了愛

## ——讀凌性傑詩集《愛抵達》

那些被忘卻在山之稜線
海之嘆息
一想
就佔滿整個夢的日子

是想望
穿過松園樹梢
親吻太平洋裡熱切的虹橋
是步履　從西子灣
借來屬於夏季的河堤浪漫
是都蘭
迴旋綠毯林間
匿藏前生記憶的風中小屋

是開始
我們　用一生的力氣呼喊
：「抵達，為了愛。」

語言文學類　PG2172　吹鼓吹詩人叢書40

# 讀後：
## 王厚森「論詩詩」集

作　　者／王厚森
主　　編／蘇紹連
責任編輯／鄭夏華
圖文排版／林宛榆
封面設計／王嵩賀

發 行 人／宋政坤
法律顧問／毛國樑　律師
出版發行／秀威資訊科技股份有限公司
　　　　　114台北市內湖區瑞光路76巷65號1樓
　　　　　電話：+886-2-2796-3638　傳真：+886-2-2796-1377
　　　　　http://www.showwe.com.tw
劃撥帳號／19563868　戶名：秀威資訊科技股份有限公司
　　　　　讀者服務信箱：service@showwe.com.tw
展售門市／國家書店（松江門市）
　　　　　104台北市中山區松江路209號1樓
　　　　　電話：+886-2-2518-0207　傳真：+886-2-2518-0778
網路訂購／秀威網路書店：https://store.showwe.tw
　　　　　國家網路書店：https://www.govbooks.com.tw

2018年12月　BOD一版
定價：260元

國家圖書館出版品預行編目

讀後:王厚森「論詩詩」集 / 王厚森著. -- 一版. --
　臺北市：秀威資訊科技, 2018.12
　　　面；　公分. -- (語言文學類；PG2172)(吹
鼓吹詩人叢書；40)
　BOD版
　ISBN 978-986-326-647-1(平裝)

　1.新詩 2.詩評

820.9108　　　　　　　　　　107021583

# 讀者回函卡

感謝您購買本書，為提升服務品質，請填妥以下資料，將讀者回函卡直接寄
回或傳真本公司，收到您的寶貴意見後，我們會收藏記錄及檢討，謝謝！
如您需要了解本公司最新出版書目、購書優惠或企劃活動，歡迎您上網查詢
或下載相關資料：http:// www.showwe.com.tw

您購買的書名：＿＿＿＿＿＿＿＿＿＿＿＿＿＿＿＿＿＿＿＿＿＿＿＿＿

出生日期：＿＿＿＿＿＿年＿＿＿＿＿＿月＿＿＿＿＿＿日

學歷：□高中 (含) 以下　　□大專　　□研究所 (含) 以上

職業：□製造業　□金融業　□資訊業　□軍警　□傳播業　□自由業
　　　□服務業　□公務員　□教職　　□學生　□家管　□其它＿＿＿

購書地點：□網路書店　□實體書店　□書展　□郵購　□贈閱　□其他

您從何得知本書的消息？

　□網路書店　□實體書店　□網路搜尋　□電子報　□書訊　□雜誌
　□傳播媒體　□親友推薦　□網站推薦　□部落格　□其他＿＿＿＿＿

您對本書的評價：(請填代號　1.非常滿意　2.滿意　3.尚可　4.再改進)

　封面設計＿＿＿　版面編排＿＿＿　內容＿＿＿　文／譯筆＿＿＿　價格＿＿＿

讀完書後您覺得：

　□很有收穫　□有收穫　□收穫不多　□沒收穫

對我們的建議：＿＿＿＿＿＿＿＿＿＿＿＿＿＿＿＿＿＿＿＿＿＿＿＿＿

＿＿＿＿＿＿＿＿＿＿＿＿＿＿＿＿＿＿＿＿＿＿＿＿＿＿＿＿＿＿＿＿

＿＿＿＿＿＿＿＿＿＿＿＿＿＿＿＿＿＿＿＿＿＿＿＿＿＿＿＿＿＿＿＿

＿＿＿＿＿＿＿＿＿＿＿＿＿＿＿＿＿＿＿＿＿＿＿＿＿＿＿＿＿＿＿＿

11466
台北市內湖區瑞光路 76 巷 65 號 1 樓

**秀威資訊科技股份有限公司**　　　收

BOD 數位出版事業部

. . . . . . . . . . . . . . . . . . . . . . . . . . . . . . . . . . . . . . . . . . . . . . . . . . . . . . . . . . . . . . . . . . . . . . . . . .

（請沿線對折寄回，謝謝！）

姓　　名：_____　年齡：_____　性別：□女　□男

郵遞區號：□□□□□

地　　址：_____

聯絡電話：(日) _____　(夜) _____

E-mail：_____